KB259805

딸이라는 이름으로…

딸이라는 이름으로…
시인 이지윤의 짧은 글—긴 감동

초판 인쇄 | 2010년 8월 25일
초판 발행 | 2010년 8월 30일

지은이 | 이지윤
펴낸이 | 신현운
펴낸곳 | 연인M&B
디자인 | 이희정
기　획 | 여인화
등　록 | 2000년 3월 7일 제2-3037호
주　소 | 143-874 서울특별시 광진구 자양동 680-25호(2층)
전　화 | (02)455-3987 팩스 | (02)3437-5975
홈주소 | www.yeoninmb.co.kr
이메일 | yeonin7@hanmail.net

값 8,000원

ⓒ 이지윤 2010 Printed in Korea

ISBN 978-89-6253-068-1 03810

시인 이지윤의 짧은 글—긴 감동

딸 이라는 이름으로…

지금이야 아들, 딸 구별 않는 양성(兩性) 평등시대이지만
불과 얼마 전만 해도 딸을 낳으면 속상해 울며
미역국을 먹은 엄마가 있다고 합니다.
하나의 인간으로 아들, 딸을 바라보고, 양육해야 함에도
예전에는 딸은 출가외인이라는 의식이 팽배해 있었습니다.
가정 형편이 어려우면 아들만 교육을 시키고
딸은 학업을 중단하게 했다는 옛 이야기
그런 얘기를 들으면 당연히 공부를 계속하게 하셨던
부모님이 새삼 고맙기만 합니다.

그러나 우리 유치원에 다니는 아이들이 자라 어른이 되면
어쩌면 모계사회가 정착되어 있을 수도 있고
딸을 낳으면 축하한다는 인사를 더 많이 받고 웃으며
미역국을 먹고 여왕처럼 몸조리할 수도 있겠습니다.
언젠가 '열 아들 안 부러운 딸 하나만 낳아 잘 기르자'
이런 표어까지 있었지만
요즘은 출산 장려금에 보육비 지원에 이제는
미혼모까지도 우대해야 인구가 증가한다고들 합니다.
출가외인이라며 시집간 딸을 홀대하던 아버지가
재산을 모두 아들에게 바치고(빼앗겼을 수도)
딸에게 의탁해서 사는 경우도 많습니다.

연인 M&B

이 세상의 딸로 살아오면서
그 어떤 역할보다 딸 노릇이 더 외롭다고 느꼈습니다.
어느 때는 출가외인이고
또 어느 때는 큰 딸인 모순 속에서
그 누구보다 강해진 딸을 느낍니다.
딸이라는 이름으로
아직도 서러움 받는 이는 없는가 돌아봅니다.
모계사회의 조짐인지
거의 다 딸들이 야무지게 삶을 꾸려 갑니다.
연못 속의 연꽃처럼 말입니다.
딸이라는 이름으로 태어나면
그 누군가의 어미가 되어야 하고,
아내가, 며느리가, 누이가 되어야 하기에
더 애절하고, 아름답습니다.
때로는 서러웠던 女人들과 나누고 싶습니다.
딸이었기에, 딸이 있었기에
이 세상 소풍이 아름다웠다!는 말을….
도란도란 나누고 싶습니다.

2010년 여름
이지윤

| 차례 |

딸이라는 이름으로…

딸이라는 이름으로
아직도 서러움 받는 이는 없는가 돌아봅니다.
모계사회의 조짐인지
거의 다 딸들이 야무지게 삶을 꾸려 갑니다.
연못 속의 연꽃처럼 말입니다.
딸이라는 이름으로 태어나면
그 누군가의 어미가 되어야 하고,
아내가, 며느리가, 누이가 되어야 하기에
더 애절하고, 아름답습니다.
때로는 서러웠던 女人들과 나누고 싶습니다.
딸이었기에, 딸이 있었기에
이 세상 소풍이 아름다웠다!는 말을….
도란도란 나누고 싶습니다.

잡초를 뽑으며…

뜰에 나서면
머리카락을 날리며 지나가는 바람, 햇살, 새소리,
시간이 흐르는 소리가 들리는 듯합니다.

봄 뜰은 꽃이 주역이다가
여름에는 잡초들이 어찌나 억세게 자기주장을 하는지
오며 가며 뽑아냅니다.

뜰을 쓸며 내 마음의 뜰을 비질하듯이
잡초를 뽑아내며 내 마음의 번민으로 자라는 잡초를 뽑습니다.
사람들은
고뇌에 차 어찌할 바를 모를 때
자기 계획대로 안 되고 운명이 엇박자를 놓을 때
청소를 합니다.
이 구석구석 청소하다 보면
마음도 말간해지고 정리가 되어감을 느낍니다.

뜰을 보면 그 집주인의 정서를 알 수 있습니다.
잡초도 예쁘기에 못 뽑다 보면
꽃들이 시름시름 신음합니다.

뜰도 잡초를 뽑아내야 합니다.

왜냐하면 어느 날 보면 잡초의 강한 자기주장으로
꽃들이 속앓이를 하고 있기 때문입니다.
잡초는 역시 아름다운 정원을 훼방놓고 있습니다.

어떤 것보다도 강한 생명력을 지니고 있는 잡초(雜草)!
잡초를 뽑아두었다가 퇴비로 만들어 우리 뜰의 주역인 나무
거름으로 묻어야겠습니다.

우리 속 뜰을 아프게 하는 다른 사람의 질책, 비난도
우리를 아름답게 키워가는
퇴비와 다르지 않음을 깨달아 갑니다.
모았다가 인격의 퇴비로 만들어야 합니다.

세월과 더불어…

암탉을 키우며

강아지를 좋아하지만
참새도 귀엽고, 닭과 오리도 귀엽습니다.
뒤뚱거리며 걷는 오리는
얼마나 귀여운지!
알을 낳았다며 꼬꼬댁거리는
암탉은 또 얼마나 고마운지!

그런데 닭장 문을 열고
물과 모이를 줄 때마다 좀 무섭습니다.
콕, 콕 쪼아댈 때가 있으니까 말입니다.

그것도 저 혼자 주말을 보내고
사람을 볼 때 나타나는 월요병인가 싶기도 합니다만은
그 닭은 수탉과 살 때도
자기 배우자를 수시로 쪼아대곤 했습니다.

암탉보다 작고 왜소한
남자 닭은 늘 노심초사하며
물을 먹고, 모이를 먹었습니다.
암탉이 너무나 쪼아대니 얼마나 아팠을지…

암탉은 혼자도 잘 지냅니다.

그래도 가엾어 보입니다.
그러다가도 그 녀석과 함께 살았던
남편 닭은 지금 어디 있을까?
걱정도 됩니다.

함께 있을 때 다정하게
물도, 모이도 나누며
잘 살지 쯧쯧 혀를 찹니다.

강아지 IQ는 60 정도 된다는데
닭은 얼마나 되는지 모릅니다.
다만 머리가 좀 나쁜가 보다 라고 고개를 주억거립니다.

곁에 있을 때 서로 잘하는 부부가 아름답다 생각합니다.

〈시(詩)〉라는 영화를 보고…

원래 영화마니아라
영화관에를 자주 갑니다.

〈시〉라는 영화가 나왔다며
엄마가 좋아하는 여배우가
16년 만에 찍은 영화니 가 보시라는
버클리에서 영화음악을 전공한 딸의 권유에
설레는 마음으로 갔습니다.

음악이 전혀 흐르지 않는 영화.
66세의 여배우가 시를 배우며
시가 안 써진다며 김용택 시인에게
질문을 할 때 조금 쓸쓸한 영화!

외손자가 성추행한 소녀가 자살하고,
그 위로금 마련을 위해
몸을 파는 할머니.

그녀가 시 한 편 남기고 이 세상을 떠난다는
조금은 난해한 영화.

시가 배워서 되는 것은 아니고

인생도 가르쳐서 살아지는 것이 아니라는 내용의 영화.

관객이 너무나 안 들어 흥행에 실패했지만
시나리오를 쓴 감독은 칸영화제에서 각본상을 받은 영화.

66세라는 나이에도 분위기 있는 여배우.
결코 늙었다는 사실을
감추려고 하지 않은 여배우를 보며
그녀가 바로 한 편의 시(詩)라고 생각했습니다.
젊음만 우대 받는 사회에서 시 같은 모습으로
당당한 여인이 많아져야 우리 사회가 성숙해지지 않을까
시인인 저는 생각합니다.

토요일에…

직장생활을 할 때
사람들은 주말을 기다립니다.
진정한 행복을 찾는다고나 할까요?
언제부터인가
한국 사람들도 금요일부터 주말로 치고
떠나는 사람들이 많아졌습니다.
경제가 어렵다고 하지만…
식당에 사람들이 넘치고
여행을 떠나는 사람들도 적지 않은 것을 보면
우리 '서민' 만 힘겨운가 싶기도 합니다.
토요일도 모르고 열심히 일한 5, 60대
그들을 통해 선진국 대열로 들어섰지만
요즘 IT 세대들은 '쉬는 것' 에 너무 많은 열정을 쏟다 보니
앞으로 걱정이라는 소리도 자주 들립니다.
진정한 휴식과 행복은
좋아하는 일을 마무리한 다음 휴식을 취하고
그로 인해 새로워질 때 얻어지는 것입니다.
노는 불행, 일하는 행복이라는 말이 있습니다.
일자리가 적은 요즘
일하는 맛이 얼마나 행복한가 묻는 사람들이 많아졌습니다.
시대가 아무리 변해도 노는 것을 더 즐기는 사람보다
일하기를 더 즐기는 사람이

더 아름답고 성공할 확률이 높아집니다.
그 누구나 성공을 꿈꾸지만
1%만이 성공적 삶을 산다고 합니다.
여행도 좋지만…
쉬는 것도 좋지만…
자기 직업에 성실해서 토요일도 반납하는 사람이 있다면
그 직장은 희망이 있다고 믿습니다.
그 가정에 행복이 머물 것이라고 짐작합니다.
봄나물이 많이 돋은 토요일
여행은 못가도 아이들과 들녘에 나가
아지랑이 가물거리는 곳에서
봄나물 냉이, 달래, 쑥을 캐어 보세요.
식탁에 봄내음이 가득한 주말이 될 겁니다.
저도 여행 떠날 처지는 아니고 봄나물이나 캐러 가겠습니다.

아이들은 우리의 꿈나무

저는 나무를 유난히 사랑합니다.
특히 오랜 세월 묵묵히 자라온 거목(巨木)도 좋지만
작은 나무, 어린 나무(묘목)를 더 좋아합니다.

그 나무가 비바람 맞으며
하루가 다르게 자라나는 것을 보면
흐뭇하기 짝이 없습니다.

장미나무는 장미나무대로
등나무는 등나무대로
대나무는 대나무대로 아름답습니다.

그런데 그 많은 나무들 중에 꿈나무
우리 아이들이 제일로 사랑스럽습니다.

그 아이들이 있는 한
우리 꿈을 잃어버리지 않을 수 있기에…

그 꿈나무에 사랑의 열매, 소망의 열매, 희망의 열매,
기쁨의 열매, 믿음의 열매가 열리기를 기대하며 살아갑니다.

곧 아기 진달래가 필 것 같네요.

엄마를 부탁해

소설가 신경숙 씨의 『엄마를 부탁해』라는 책이
외국에서까지 인기라고 합니다.
엄마! 아이들이 가장 많이 하는 말이자
가장 자주 부르는 이름이자
위로가 필요할 때 가장 많이 부르는 이름이 '엄마' 입니다.
어른들도 힘들 때 엄마를 많이 부릅니다.
그 엄마가 어느 날 실종되고
자식들이 그제야 엄마를 찾아 나선다는 『엄마를 부탁해』
우리도 엄마이면서 우리의 엄마를 외롭게 한 적은 없었는지?
아이들을 위해서는 안 아끼면서
부모인 엄마를 위해서는 얼마나 인색했는지?
저도 가슴이 싸아합니다.
구십을 향해 가는 엄마에게 쓰는 돈은 아까워하고,
외롭다고 얘기하시는 엄마를 위해 얼마나 시간을 내어 드렸는지
가고 싶다는 곳에 함께 가 드린 적은 언제였는지…
저의 단 하나 딸도 제 마음을 잘 모릅니다.
함께 여행이라도 하자고 하면 바쁘다고만 합니다.
참다운 인식은 잃어버린 후에야 온다고 했던가요?
엄마가 내 곁에 살아계실 때
내 아이에게 잘하는 것보다 더 잘해 드리기 바랍니다.
그래야
회환이 남지 않을 테니까요.

날마다 축제처럼…

요즘 축제가 많은 세상입니다.
눈꽃축제, 벚꽃축제, 새조개 축제, 매화꽃축제, 딸기 축제, 고
추 축제, 감축제…
'축제' 란 얼마나 매력적인가요?
우리 삶에 축제 같은 날은 얼마나 됐었는지…
2월도 얼마 남지 않았으며
각 학교, 유치원 졸업이 있는 날들
우리가 소풍 가서 놀던 자리도 잘 정리하고
깨끗하게 하고 돌아오듯이
우리 아이들이 몸 담고 있던
유아 학교도 모든 것을 정리하고
초등학교로 가야 할 것입니다.
초등학교는 또 유치원과 정서가 많이 다릅니다.
우리 어머니들의 작은 변화가 학교를 변하게 하고
마음을 아름답고 밝게 변화시킬 것입니다.
졸업 뒤풀이로 친구들 알몸에 밀가루를 뿌리고
바다에 던지는 이상하게 난폭한 아이들,
시간만 나면 게임을 해서 중독되는 사람들,
어른의 말씀에 대들고 보는 젊은이들,
모두 '인성 교육' 을 등한시한 데서 온
교육(가정, 학교) 탓이라고 봅니다.
기본이 된 아이로 키워야 훗날 자식에게 헌신하고

헌신 짝처럼 버림받는 부모가 없을 것입니다.
날마다 축제처럼
아이들 인성교육에 주력하시길 바랍니다.
그럴 수밖에 없습니다.
우리의 헌신이 헌신짝이 되지 않으려면….

덕담(德談)을 나누며…

까치 까치 설날은 어저께고요
우리 우리 설날은 오늘이래요
곱게 드린 댕기도 내가 드리고
새로 사 온 신발도 내가 신어요.

제가 어릴 때 부르던 동요입니다.
설빔을 만드시던 어머니의 싱거 재봉틀 소리
한 살 더 먹는다는 설렘에 잠 못 들던 어린 시절
이제는 한 살 더 먹는다는 나이의
무거움에 눌려 잠이 안 옵니다.
설날이 되면 서로 덕담을 나눕니다.
장가 못 간 총각에게
참하고 좋은 규수를 아내로 맞았다며? 라고 덕담을 건네고
취직 안 된 아가씨에게는
좋은 직장에 취직이 되었다며? 라고 축하합니다.
덕담이란?
더 늦기 전에 너 장가가야지, 취직해야지 쯧쯧…
혀를 차며 걱정하는 것이 아니라
이미 좋은 일이 생겼다고 가정하며 하는 말입니다.
2월은 작은 달이라 더 빨리 지나갑니다.
설날이 지나고 모두가
부자가 되셨다면서요?

사랑 부자, 꿈 부자 그리고 경제적인 부자
설날이 지나고 좋은 일이 많이 생겼다면서요?
새해 복 많이 받으시기 바랍니다.
새 꿈, 새 희망 가지시기 바랍니다.

청각적 지능에 대하여

제가 사는 APT 위층에서는
매일 아이들 우는 소리
아버지가 무언가로 때리는 소리
쿵쾅 거리는 소리로
가슴이 조마조마합니다.

절대청음을 가진 딸아이는 더 못 견뎌 합니다.
왜 저 가족들은 매일 싸우고 때려 부수고 그러는 것일까?

그러더니 어느 날 이사를 갔습니다.
아이들이 매일 엄마, 아빠 싸우는 소리, 남 헐뜯는 소리,
신세 한탄하는 소리만 듣고 자란다면
그 아이는 사람의 말소리조차 지겨워 듣지 않으려 합니다.

반면에 이른 아침에
엄마의 노랫소리, 새소리, 아빠의 신문 읽는 소리, 바람소리
그런 소리에 익숙한 아이들은
소리를 듣는 능력이 절대적입니다.

그런 절대청음을 가진 아이들이 자라서
훗날 음악가가 되는 것입니다.

시어머니, 친정어머니에게도 큰 소리로 따지고, 대들고
그 누구도 무섭지 않다며
함부로 소리 지르며 사는 엄마 슬하에서…
청각적 지능이 높은 아이가 나올 수 없으며
예의 바른 신사, 숙녀가 나올 수 없습니다.

봄눈이 녹아 똑똑 떨어집니다.
연교라는 아이가 이렇게 표현합니다.
또도독! 또도독!
눈이 녹아떨어지는 소리를 이렇게 표현하는 5세 아이
청각지능이 높습니다.

집에서 베이비 클래식을 많이 들려주세요.
9세 이전에 좋은 음악을 못들은 아이들은
청각지능에 치명적 손상이 온다고 합니다.
집에서도 클래식을 자주 들려주세요.

3월과 4월의 교차로에서

시간은 어김없이 오고 가는데
별로 나아지지 않는 생활이 짜증날 때도 있으실 겁니다.

저도 그렇습니다.
그러나 아이들로 인하여 웃다 보면
그런대로 행복해지겠지요?

웃음은 마음의 거미줄을 걷어내는 빗자루와 같아서
내 스스로 웃는 모습도 건강에 좋지만
남이 웃는 소리도, 모습도 좋기만 합니다.

산다는 것이 기쁨만의 연속일 수 없고
슬픔만의 연속은 결코 아닙니다.

이 지상에서 제일 예쁜 꽃, 아이들을 보노라면
어떤 분께서 저토록 예쁜 꽃을 만드셨을까 생각하게 됩니다.

이제 곧 목련이, 벚꽃이
활짝 웃으며 피어날 것입니다.

사람들은 장미가 예쁘다고들 합니다.
그러나 시인인 제 눈에는 그 장미를 돋보이게 하는

하얀 안개초가 더 아름다워 보입니다.

꽃의 달 4월을 맞으면서
나는 나만 돋보이려는 장미과(科)인가
그 장미를 도와 돋보이게 하는 안개초과인가
생각해 보는 것도 재미있겠습니다.

저요?
저는 대부분의 사람들이 11월에 핀 국화 같다고 합니다.
서리 맞고 핀 국화!

베란다에, 집 주변에 꽃을 완상(玩賞)하며
시라도 읽어 보세요.

나무 한 그루 심어 가꾸면…

4월엔 죽은 땅에서도 라일락은 피고
온갖 꽃들이 제 색깔과
향기를 뽐내며 피어나 마음을 흔듭니다.
그런데 해마다 식목일은 있지만…
나무 한 그루 심어 보지 못한 사람도
많은 듯합니다.
해마다 4월이 되면 나무가 없는
중국에서 누런 모래가 날아와
어찌나 힘들던지요.
우리나라는 사실 세계
그 어느 나라에 내놓아도
손색이 없는 사계절이 뚜렷한 나라입니다.
그러나 몇 십 년 전에는 산에 나무를
심자는 노래까지 있었습니다.
메아리가 살게시리 나무를 심자!
나무가 없는 민둥산에는
메아리가 살 수 없어 떠났지만
나무가 많은 산에서는 야호! 하면
금세 야호 하며 메아리가 울립니다.
우리 아이들 마음밭(心田)에도
나무를 심어 그 무엇에도 빠르게
반향을 일으키는 감수성 풍부한

어른으로 키워야겠습니다.
이번 식목일에는
아이들 마음에
남편 가슴에
이웃의 마음에
나무 한 그루 심어 가꾸는
현명하고도 아름다운 여인이 되어 보세요.
아니 집 근처 공터에
아이들과 사과나무 한 그루 심어 보세요.
훗날 아이들과 달콤한 사과를
따 먹는다는 꿈을 가지고… 말입니다.

봄날은 짧아라

볼 것이 많은 봄!
먼저 핀 꽃이 지고
다투어 피고 있는 꽃들
꽃을 앞에 두고 다투는 사람들은
없을 듯합니다.
우리 사람은 착하고 예쁜 사람
악하고 미운 사람이 있지만…
꽃들은 저마다 다 향기가 있고
아름답습니다.
어느 날 올려다보니
새들이 살구나무에 앉아
꽃을 따 먹고 있었습니다.
같은 풀도 젖소가 먹으면 젖을 만들고
뱀이 먹으면 독을 만든다고 합니다.
사람도 독기를 품고
사는 사람이 있는가 하면
젖과 꿀 같은 사랑을 이웃에게
나눠주며 사는 사람이 있습니다.
무례하고, 어리석고, 눈앞의
이익에 눈이 어두운 사람을
꽃보다 아름답다 할 수는 없을 겁니다.
타인의 입장을 배려하고

내가 약간 손해 본다 싶게
사는 사람들은 꽃보다 아름답습니다.
아름다운 봄날은 짧습니다.
곧 여름이 옵니다.
우리 인생의 봄날도 계속되지는 않습니다.
자기 처지가 유리하다고 해서
교만하고, 무례하다면
그에게 인생의 봄은 바로
지나갈 것입니다.
어디에서고, 쓰레기더미 속에서도
자기 존재를 예쁘게 알리는 꽃
꽃들에게서
새삼 많은 교훈을 깨닫습니다.
꿀과 열매와 향기를 주면서도
한마디 생색도 내지 않는 꽃
꽃의 인생은 짧고, 봄날도 짧습니다.
가기 전에 '봄' 을 마음껏 사랑해 보세요.
나무를 껴안고
사랑해! 라고 말해 보세요.
한결 더 잘 자랄 것입니다. 정말입니다.

사랑하였으므로 행복하였네라

시인 유치환님의 시(詩) 〈행복〉 속의 한 구절이던가요?

사랑하는 것은
사랑을 받느니보다 행복하나니라
오늘도 나는 에메랄드빛 하늘이 훤히 내다뵈는
우체국 창문 앞에 와서 너에게 편지를 쓴다
행길을 향한 문으로 숱한 사람들이
제각기 한 가지씩 생각에 족한 얼굴로 와선
총총히 우표를 사고, 전보지를 사고
슬프고, 즐겁고, 다정한 사연들을 보내나니…
…(생략)

사랑하는 것은
사랑을 받느니보다 행복하나니라
오늘도 나는 너에게 편지를 쓰나니
그리운 이여 그러면 안녕!

다음 주는 기념일이 많습니다.
19일 4.19혁명 기념일
20일 장애인의 날, 곡우
21일 과학의 날
22일 정보통신의 날

요즘은 편지를 우체국에 가서 보내는 사람이 거의 없고
휴대폰에 문자 메시지를 보내고, E-mail을 보내고,
전화로 고백하고…

그러니까 우체국에 가서 우표를 사고
다정한 사연이건 슬픈 사연이건 보내는 사람은
가뭄에 콩 나듯 한다고 합니다.

저는 아날로그 세대라 그런지
우체국에 가서 편지를 보냅니다.
받아 본 사람들은 감동적이라 말합니다.

아무리 ‘빠름’ 을 지향하는 시대에 살고 있지만
‘느림의 미학’ 을 아는 저로서는 자꾸만
디지털 세대에게, 디지로그(디지털 + 아날로그) 세대에게
밀리는 기분이 듭니다.

글로벌 시대를 살아가려면…

20년 전 호주 가는 비행기에 일본 초등학교 아이들이
시드니로 수학여행을 가려고 가득 타고 있었습니다.

어쩌면!
놀라워했는데 이제 우리나라에서도
외국을 다반사로 드나듭니다.
어느 유치원에서는 외국으로 졸업여행을 다녀왔다고 합니다.
그러려면 영어를 잘해야 할 것입니다.

영어
그 영어를 잘 하기 위해 우리는
어마어마한 사교육비를 쏟아붓고 있는 현실입니다.

LAD(언어를 습득하는 능력)가 13세 이전까지 왕성하기에
모국어도 제대로 구사 못하는 아이들에게
영어를 가르치려 우리는 안간힘을 씁니다.

100만원이 넘는 영어유치원에 보내놓고(3년 동안)
나중에 아이 영어 실력이 별로 늘지 않았다며
후회하는 젊고 똑똑한 엄마도 봤습니다.

영어에 왕도(王道), 지름길은 없습니다.
그저 많이 들려주고,
잘 제작된 비디오 테이프를 틀어주는 것
그것이 검증되지 않은 원어민 영어보다 낫다고 합니다.

모든 것을 유치원이나 학원에 위탁하지 마시고
집에서 꼭 해 주실 일은
꼭 아침밥을 먹여주실 것(선식이나 사과라도)
저녁밥은 될 수 있으면 아이들과 둘러앉아 함께 드실 것
(이때 아이들의 어휘 수(數)가 많아집니다)
아이의 말만 듣고 교사나 원을 오해하지 마실 것
너그러운 마음으로 유치원을 바라봐 주실 것

개나리가 피고 있습니다.
꺾어 심어도 굳굳하게 살아가는
개나리의 강인함을 배워야겠습니다.
조만간 그 우아한 목련의 속살도 볼 수 있겠지요.

착한 엄마, 착한 유치원

사월이 가고 오월이 오려 합니다.
3월, 4월 유치원에서는 그 어느 때보다 바쁘고도,
행복한 설레임이 있는 달입니다.
조금씩 아이들이 키도 크고, 마음도 크고 있습니다.
요즘 키 크게 하는 기계도 있고 약도 있다는데…

엄마들이 대부분 일을 갖고 계셔서
영양관리는 어떤가 유심히 봅니다.
물론 유아기에 키가 작아도 청소년기에
쑥쑥 크는 아이들이 있긴 하지만
그래도 뼈가 튼튼하도록 돕는
식생활을 습관화해야겠습니다.

공부해라! 공부!
하면서 아이들 신체발달에는 등한한
부모도 있다고 들었습니다.(다른 유치원)
예전에는 '신(身), 언(言), 서(書), 판(判)'이라고
우선 몸을 보고, 말을 듣고, 글씨를 보고, 판단력을 보고
한 사람을 이러니 저러니 평가했다고 합니다.

거의 유치원에서 보내는 시간이 8시간 이상 되는데…
아무리 착한 유치원이라 하여도

아이들의 모든 발달을 도모하기란
여간 어려운 것이 아닙니다.

이 세상 다 주어도 안 바꿀 소중한 보석들을
제대로 돌보지 못해
죄의식을 갖는
부모도 계시다 합니다.
어떤 부모는 모두 어린이집, 유치원에서
해결하기를 원하기도 한다지만…

아이들에게
몸에 좋은 음식을 먹이려는 정성들은 대단합니다.
혼자 먹으라면 안 먹던 멸치와 콩을
친구들과 함께 먹으면 잘도 먹습니다.
폭 커틀릿 한 번 외식으로 사 먹이지 않으면 된다며
정성껏 준비해 보내시는 착한 엄마
그리고 그 멸치와 콩이
아이들의 뼈가 되고 살이 된다는 생각으로
흐뭇해하는 교사가 있는 착한 유치원!

저렴한, 최소한의 수업료로 명품교육을 시키려는
유치원이 있다면 착한 유치원이라 믿습니다.

경제가 어렵다고 아이들을 제대로 돌보지 않고
짜증만 내는 부모가 있다면
그 유아학교는
몸살이 날 것 같습니다.

민들레를 볼 때마다…

거리를 걷다 보면 보도블록 사이에서도
노란 민들레가 피어 있음을 보게 됩니다.
어쩌면!
블록 사이로 나와 꽃까지 피고
씨앗을 퍼뜨리는 민들레를 볼 때마다
사람도 저런 환경에서도 꿋꿋이 살아
삶의 꽃을 피워야 할 텐데…
생각합니다.

몇몇 여인네들이 무언가를 캐고 있습니다.
민들레를 캐고 있어 물었습니다.
어디에 쓰실 것이냐? 고.

간에 좋다면서 방부제 역할도 하고…
뜯어다, 캐어다 무쳐 먹으면 쌉사름한 것이
맛 좋다고 합니다.

민들레에도 여러 종이 있습니다.
토종 민들레, 흰 민들레, 좀 민들레,
산 민들레, 서양 민들레가 있으며
약효는 우리 토종이 좋다고 하는데
도시에서 주로 볼 수 있는 것은 서양 민들레라고 합니다.

서양 민들레는 토종 민들레와도 수정을 하지만
토종은 자기들끼리만 수정을 하기에
개체수가 적다고 합니다.

민들레라는 어원은 문둘레라고 하네요.
사립문 둘레에서도 자주 볼 수 있을 정도로 흔해서
문둘레라는 겁니다.

민들레를 구덕초(九德草)라고도 하는데
아홉 가지 덕이 있다는 뜻입니다.
한 뿌리에 여러 송이가 피더라도
차례를 지켜 피는 장유유서(長幼有序)의 정신도 갖추었다니
기특한 풀이어서 옛날에는 서당 근처에 많이 심었다고 합니다.

노랗게 피고, 씨앗이 날아가는 계절입니다.
민들레를 보며 식물, 풀 한 포기에서도 배울 것이 있구나!
고개를 끄덕입니다.

우리 사람들은 어르신들에게도 버릇없이 대들고,
늙은 부모를 몰라라 하면서 자기 자식들이라면
예의 바르고 반듯하게 부모를 공경할 수 있을지

자기 성찰이 필요한 오월, 어버이 주간입니다.
부모는 아이들의 거울입니다.
아이들은 어떤 부모 슬하에서 자라느냐에 따라
사람이 달라집니다.
부모에게, 어른에게 공손하고 따뜻하게 대하는
그런 아름다운 거울이었으면! 합니다.

동방예의지국에서 동방무례지국으로…

예전에는 우리나라를
동방에 있는 예의범절이 빼어난 나라라고 칭송했습니다.
어른을 공경하고, 이웃을 챙기는 나라

그런데 요즘은 그 말에 무색해집니다.
어떤 나라이던가?
한국인은 출입하지 말라는 팻말이 붙어 있었습니다.
뷔페로 식사를 하는데
핸드백에 버터나, 티백 또는 빵 등을 넣어가지고 가질 않나
자기가 먹은 테이블을 너무나 지저분하게 만들어 놓고
그리고 종업원에게 큰 소리로 따지고…
화장실도 함부로 사용하고…

아름다운 사람은
머문 자리도 아름답다고 하지요?

외국에 나가서의 추태야 새삼스럽게 얘기할 것도 없지만…
국내에서도 어른 공경은커녕
나이 든 사람을 얕잡아 보고 함부로 대하는 젊은이가 적지 않고
친구들을 왕따시키고 데려다 때리고
그래서 자살하는 소년도 있고,
인사도 제대로 할 줄 모르고,

식당에서는 아이들이 왔다 갔다 하며 떠들고 놀아도
제지하지 않는 젊은 부모

그런 아이들이 자라면 그 부모처럼 무례한 어른이 되고
사회 갈등지수 높아져 그 치료비용이 300조 원이 넘고…

인연을 생각하는 달 오월에
서로 갈등을 줄이는 방법이 무엇일까 생각해 보는 것도
경제가 나아지는 길이 아닐까 싶습니다.

예의를 지키고, 공중도덕을 잘 지키는 것이
해답일 수도 있습니다.

두 개의 바구니에 무엇을 담을 것인가?

천사에게 하나님이
심부름을 시키셨습니다.
바구니 두 개를 주면서 한 개에는
자기가 갖고 싶은 것, 또 한 개에는
살면서 감사했던 것을
담아 오라고 했습니다.

천사는 하나님의 명령을 받아
세상에 내려와서 사람들에게
바구니를 채우도록 했지요.

모든 작업이 끝난 후 바구니를 들고
하나님께 갔습니다.

자기가 갖고 싶은 것을 담으라고 한 바구니는
넘치도록 가득 찼고
감사한 일을 적어 보라는
바구니는 반도 안 찼습니다.

사랑과 감사의 달
오월의 끝자락에서
과연 감사하다는 말을 몇 번이나 했는가?

요구만 하며 살지는 않았는가?
돌아봐야겠습니다.

가족이 있어 감사
가까운 이웃이 있어 감사
아이들이 있어 감사
유아교사라는 직업에 감사
하루하루를 천사 같은 아이들과 함께 보내니 감사
장미꽃도 감사, 장미 가시도 감사!

감사로 바구니를 가득
넘치도록 채우며 살아야겠습니다.
덕(德)을 쌓으며 살아야겠습니다.
그러면 자식들한테
쌓은 덕이
돌아간다는 말이 진리인 듯합니다.

웃음이란…

요즘 뮤직 세라피(music therapy) 미술치료, 춤치료,
아로마 세라피, 웃음치료 등 많은 치료법이 나오고 있습니다.
그중에 웃음치료는 그냥 웃기만 해도 면역력이 증강되고
균이 죽는다는 소릴 들으면 '웃음' 이 최고의 보약 같습니다.

아기 때는 하루에 몇 백 번을 웃는다는데
어른들은 잘 웃지 않습니다.
웃음은 마음에 드리워진 거미줄을 걷어내 줍니다.
행복해서 웃는 것이 아니라 웃기에 행복해진다는 것입니다.

그런데…
잘 안 웃는 민족이 한국인이어서
외국인들이 보면 무섭다고들 합니다.
표정이 굳어 있다는 것이지요.
외국인들 특히 선진국 사람들은
마주치기만 해도 싱긋 웃어줍니다.
기분이 좋아지지요.

그러나…
아무 때나 때와 장소를 가리지 않고 웃다가는
오해를 사기도 합니다.
슬픈 일을 놓고 거리에서 인터뷰를 하는데

웃으며 말하는 여성은 상식이 없어 보입니다.
좋은 일로 말할 때도 찡그리며 말하면 어색합니다.

여과되지 않은 말을 주저리주저리 늘어놓으면
품격이 떨어지듯이 안 웃어야 할 때도 웃으면
싸움의 불씨가 될 수도 있습니다.

표정도 풍부해야 하고,
언어도 골라 써야 하고,
사는 것이 어렵습니다.

그러나 '웃는 얼굴에 침 못 뱉는다' 는 속담처럼
아이들처럼 생글생글 웃는 사람이 많을 때
힘을 실어주는 말을 잘 건넬 때
우리 가정, 사회는 더 건강해지리라 믿습니다.
웃음이란 마음에 쳐진 거미줄을 걷어내는 빗자루와 같습니다.

웃음의 종류는 미소(微笑), 홍소(哄笑), 조소(嘲笑), 폭소(爆
笑), 대소(大笑), 박장대소(拍掌大笑), 함소(含笑), 고소(苦笑),
냉소(冷笑), 실소(失笑), 학소(謔笑), 포복절도(抱腹絶倒), 염화
시중의 미소…
그중에 제일 으뜸은 미소(微笑)일 듯합니다.

인연(因緣)에 대하여…

5월 21일은 석탄일이자 부부의 날
그리고 절기로는 소만입니다.
석탄일은 부처님 오신날이고
소만은 입하와 망종 사이에 들어 있는 절기로
여름 기운이 조금씩 차오른다는 뜻입니다.

불교 신자는 아니지만
어느 스님이 쓰신 시(詩)
성냄도 욕심도 내려놓고
바람처럼, 구름처럼
살다 가라 하네
하는 시구절을 알고 있습니다.

성냄을, 욕심을 내려놓기가
어디 쉽던가요?
그러나 모든 사람들과의 인연
어떤 물체와의 인연에 너무
묶여 있어도 삶이 고통스러울 것 같습니다.

부모 자식 간의 인연도 생각해 봅니다.
신이 도처(곳곳에)에 계실 수 없어
어머니를 만들었다고 합니다.

영국문화원에서 영어를 쓰지 않는
102개국 9만여 명의 남녀를 대상으로
가장 아름답다고 생각하는
단어가 무엇이냐고 물었더니
1위는 mother, 2위는 열정(passion),
3, 4위는 smile, love
아버지라는 단어는 72위 안에도 못 든다는
기사를 읽고 참 씁쓸했습니다.

가족이란 영어단어가 family
father and mother I love you라던가요?
엄마, 아빠 자식의 역할을 잘해서
직장인은 그 뿌리 내린 곳에서
꽃을 피워
서로서로 아름다운 인연이 되기를
빌어 봅니다.

눈물

사노라면 눈물이 날 때가 있습니다.
가여워서, 억울해서, 섭섭해서,
너무나 기뻐서, 후회스러워서…
눈물은 눈에 어리는 무지개 같습니다.

유월은 호국보훈의 달로 현충일이 있습니다.
나라에 남편을, 자식 바치고
해마다 이맘때면 눈물짓는 사람들
그들에게 한마디 위로라도 건네고
음으로, 양으로 도와야겠습니다.

저도 눈물이 많은 편입니다.
차를 운전하다가 문득 지난 시절에 대한 아쉬움으로
그리움 때문에 눈물이 지나가기도 하고
너무나 억울해서 울기도 합니다.

그런데 어머니가 되고부터는
아이에게 잘못한 것이 없나 돌아보다가
미안해서 눈물 흘리기도 합니다.
한 아이, 두 아이, 세 아이
아이의 엄마인 이상 우리는 꿋꿋하게 살아야 합니다.

세상에서 가장 소중한 보석들을 지닌 우리 엄마들은
세상에서 제일 강한 존재들로
아이들의 등대가 되고
주유소가 되고
때로는 파수꾼이 되어
아이들의 행복을 지켜야겠습니다.
아이들을 잘 키워내는 것
그것이 곧 나라사랑일 수도 있습니다.

훗날 나이 들어서 할아버지, 할머니가 되었을 때
엄마, 아빠 때문에 내 인생이
잘못되었다는 소리를 듣지 않기 위해서도
눈물을 참으며 견뎌내면
어느 날인가
기쁨으로 한 컵의 눈물을 흘리기도 할 것입니다.
그날을 위해! 살아야 합니다.
우리는 엄마이기 때문에… 말입니다.

흙에서 놀 때…

흙의 달 유월입니다.
논에서는 모가 쑥쑥 자라고
감자밭에서는 토실토실 감자가 여물어 가고 있습니다.

보라색 감자 꽃은 파 보나마나 보라색 감자
흰색 감자 꽃은 파 보나마나 흰색 감자
흙의 위력을 새삼 느낍니다.

아이들이 옷에 흙을 잔뜩 묻히고 들어왔다고
마냥 나무랄 일은 아닙니다.
아이들을 흙에서 놀게 하면
학습능력이 향상된다는 연구결과가 나왔습니다.

미국 세이그대 도로시 매튜 박사팀은
흙 속에 다량 포함되어 있는 마이코 박테리움 박카이란 미생물이
학습능력 향상에 도움이 된다고 밝혔습니다.
M. 박카이는 호흡기 등을 통해 우리 몸에 들어오는데
몸 안에서 세로토닌을 증가시켜
불안감을 감소시켜주는 역할을 한다고 합니다.
세로토닌은 두뇌에 있는 화학물질의 하나로
우울증 등 심리적인 질환에 관련이 있고 특히
학습능력을 높여주는 물질로 알려져 있습니다.

매튜 박사는 야외학습을 하면
아이들의 학습능력이 향상된다고 말합니다.
이 연구결과는 미국 샌디에이고에서 개최된
제110차 미국 미생물학회 총회에서 발표됐습니다.

우리 아이들도 실외활동할 때
제일 활기에 차 보이고 행복해합니다.

초등학교 운동장

요즘에는 초등학교나 관공서 등에
담을 허물고
운동장을 그 동네 주민들의 운동하는 장소로 내놓고 있습니다.

저도 저녁나절 30분 정도
초등학교 운동장을 강아지와 걸으면서
왜 초등학교를 이렇게 개방해야 하는가?
의문을 품고, 부아가 치밀 때도 있습니다.

쓰레기를 운동장에 버리고 간 사람들
온갖 차들이 있질 않나…
무방비 상태의 초등학교 운동장에는
교사 같은 사람은 하나도 눈에 띄지 않습니다.
경비원도 없습니다.

나영이 사건 후
딸을 키우는 엄마들은 늘 새 가슴 같은데
또 사건이 벌어져서
여름인데도 소름이 돋고,
어떻게 우리는 그토록 안전 불감증에 걸려 있는가
한탄도 합니다.

선진국에서는 학부모도
미리 허락을 받지 않으면
학교 출입을 할 수 없다는데
우리는 아무나 들락날락 흡사 재래시장 같으니…

유치원도 유아들의 학교입니다.
아무나 출입할 수 없도록 통제하고 CCTV가 촬영합니다.
짐승만도 못한 인격 장애, 정신장애자들이 있을 수 있기에
집에서도, 원에서도
아이들 보호에 좀 더 깐깐해야겠습니다.

성폭력은 너무나 가혹합니다.

곰과 여우

지구온난화로 빙하가 녹아내려
남극의 곰들이 살아갈 터전을
점점 잃고 있다고 합니다.
곰의 눈물이라는 다큐멘터리를 보고
눈물이 났습니다.

우리나라에는 4만여 종의 직업이 있다고 합니다.
그 많은 직업이 있음에도 직업이 없는 사람이
그것도 청년 백수, 백조들이 많습니다.
6, 7년 외국 유학을 하고 돌아와서도
대학 강의를 맡는 시간 강사 자리도
별로 없습니다.

돈이 많은 사람은 돈이 돈을 벌어준다지만
서민, 빈곤층은 그저 열심히 일해도
늘 그 타령입니다.
늘 빚에 허덕입니다.

그런데 문학작품이나 실생활에서 보면 이제는
곰처럼 미련한 사람보다는
여우 같이 약은 사람이 살 수 있는 사회구조를 눈치채게 됩니다.
신분이 상승되는 사다리가 없어졌습니다.

약은, 영리한 사람은 어디 가서도
눈치껏 일을 갖고 잘 헤쳐 나갑니다.
곰같이 미련한 사람은
자기에게 주어진 복(福)도 놓쳐버립니다.

가정에서나 직장에서
미련해서 가뜩이나 더운 이 여름에
불쾌지수를 높이는 사람이 있는가 하면
영리하게 처신해서
가정도, 직장도
예쁘게, 시원하게 잘 꾸려가는 사람이 있습니다.

미련한 사람이 착하다? 결코 아닙니다.
이 시대엔 영리한 여우가 착합니다.
곰은…

참 덥습니다.
아이들에게 감성지수를 높여서
처세술도 미리미리 가르쳐야 하는 시대를
우리는 살아내고 있습니다.

마라스무스

'마라스무스' 란 르네스피츠 박사가 발견한
접촉결핍증을 말합니다.
길거리에 버려진 아기들을 돌보는 국립병원 의사였던
스피츠 박사는 이 아이들을 위생적인 환경에서
충분한 음식을 주면서 양육했는데도
유아사망률이 높다는 것에 이해할 수 없었습니다.

그런데 그 르네스피츠 박사가 멕시코로 휴양을 갔을 때
휴양지 근교의 고아원에서
예기치 않은 발견을 하게 되었습니다.
영양도 별로 좋지 않고, 환경도 비위생적이었는데도
아이들이 밝고, 건강하게 자라고 있었으니까요.

휴양도 잊어버리고 몇 달 동안 그곳에 머물면서
이유를 밝혀내려고 애쓴 결과…
이웃 여자들이 매일 찾아와 안아주고,
흔들의자에 앉혀놓고 이야기도 들려주고,
노래도 불러준다는 것을 알아냈습니다.

그 박사는 보고서에서
'접촉을 가진 아이는 건강하게 자란다.
그러나 피부의 접촉 없이 자란 아이들은 점점 약해졌고

접촉결핍증 때문에 세포들이 죽어갔다' 고 결론을 내립니다.

사랑한다고 말할 때, 미안하다고 말할 때에도
꼭 안아주거나 손을 잡고 얘기하세요.
더워서 껴안는 것도 귀찮다구요?
가족 모두 서로 안아주고 손잡아주면서 사랑한다!고 말하세요.
남편에게도, 시어머니에게도, 아이들에게도…
'신체적 접촉' 이 시대 보약입니다.

유치원 선생님 말을 믿어요?

꽃바람이 불어 나무들을 깨우는 아침
출근길에 자판기 커피 한잔 빼들고 서 있는데…
XX유치원 어머니들이 스쿨버스에 아이들을 태우고
돌아서며 나누는 말을 들었습니다.
듣고 싶어 들은 것이 아니라 그냥 들려왔습니다.
'뭐 유치원 선생님 말을 믿어요?'
아니! 유치원 선생님 말을 믿느냐고 냉소적으로 말하는
저 엄마는 어떤 일을 계기로 선생님을 불신하게 됐을까?
차 안에서 모닝 커피를 마시며 착잡했습니다.
물론 교사 같지 않은 교사가 없는 것도 아닙니다.
옷차림이며, 말씨며, 사생활이며 '선생님' 이라고,
그것도 유치원 선생님이라고 부르기엔
어처구니없는 그런 교사도 있습니다.
그래도 유아교사라는 직업을 택한 것을 보면
기특한 면도 있는 사람입니다.
새싹 같은, 새눈 같은 세상에서, 지상에서 제일 예쁜 꽃,
아이들을 보호하고, 가르치겠다고 유아교육을 전공한 이들은
그래도 남다른 소명의식이 있습니다.
그런데 엄마들은 유치원 선생님을 믿을 수 없다고 한다면
왜 유치원에 보낼까요?
하루 종일 자기 스케줄에 방해가 되기에?
원에 맡겨놓고 이러쿵저러쿵 토론을 벌이기 위해?

거짓말이 팽배한 사회에서

그래도 거짓말을 덜 하는 직업이 유아교사임을

엄마들이 알고 있어야 유아교육의 효과를 볼 수 있습니다.

‘에이, 네 선생님이 뭘 안다고?

‘맨날 거짓말만 얼렁뚱땅 하더라.’

한다면 아이는 원에 와서 선생님 말을 따르지 않습니다.

‘그러니? 네 선생님은 훌륭하시니까 선생님 말씀 잘 들어야

한다.’고 당부하는 어머니가 많아질 때,

인성교육, 전인교육에 성공할 수 있을 것입니다.

인지발달에만 치중하는 한국의 유아교육!

외국의 여학자가 비판합니다.

인성교육에 더 치중해야 한다고…

도와드려도 될까요? 들어가도 될까요?

나가도 될까요? 먹어도 될까요?

묻는 미국의 유아들!

미국의 부모가 자녀에게 가장 많이 하는 말은?

‘나눠라!’

일본 부모가 자녀에게 가장 많이 하는 말은?

‘폐를 끼치지 말아라!’

한국 부모가 자녀에게 가장 많이 하는 말은?

‘기(氣) 죽지 마!’

기만 살려서 어떻게 하겠다는 것인지 모르겠습니다.

자식 농사가 최고다

봄이 되면서 농부들은 더욱 바빠집니다.
좋은 씨앗을 고르고, 밭에 돌멩이를 고르고…
한 달에 버는 돈을 따져 얼마가 되든 그들은
땅에 씨앗을 뿌리고 흙과 대화하며 성스러운 농사를 짓습니다.
차를 타고 가다 보면…
인적도 없는 듯한 외진 곳에도 그 누군가가 밭을 일구어
작물을 가꾸고 있음을 보게 되고 감탄을 하게 됩니다.
저 땅을 일구기 위해
소는 워낭소리를 내며 얼마나 힘들었겠으며
농부께서는 또 얼마나 땀방울을 떨어뜨리셨을지…
농자 천하지대본이라는 말이 맞습니다.
농사 짓는 분들이 계시기에 우리는 살고 있을 것입니다.
상추를 키워 보니
뜯어먹고, 또 뜯어먹어도 계속 자기 잎을 내어줍니다.
상추 대여섯 포기 심어놓으니
늘 식탁에 상추가 싱그러운 표정으로 앉게 됩니다.
냉이, 질경이, 소루쟁이 등 나물도 길러내는 시대이지만…
우리에게 채소와 곡물, 과일을 제공해 주는 농부 아저씨가
새삼 존경스럽고 고맙습니다.
그런데…
농사도 농사이지만 자식 농사가 제일이라고들 합니다.
요즘은 20, 30대까지도 부모에게 손을 벌린다는 것이니

오래 살아도 의무가 빨리 끝나지 않는 한
실버 세대임에도 돈벌이를 해야 하는 현실이니 안타깝습니다.
어쩌면, 6, 70대에도 일을 하는 것이
덜 늙는 비결일 수도 있지만 한국의 부모들은
가시고기처럼 자식에게 모든 것을 바치고 갑니다.
'자식 농사를 잘 지었어요' 라는 말은
일찍 출세시켰다는 의미보다
스스로 독립적인 인간으로 이 세상 험한 파도를
헤쳐나갈 힘을 길러주었다는 말이 아닐까요?
항상 대신해 주려는 부모, 그들은 훗날
자식 농사 잘 지었다는 찬사를 듣기는 어렵지 않을런지…
죽은 땅에서 라일락이 피는 잔인한 4월이 오고 있습니다.

4월! 그 잔인한 달

목련꽃 그늘 아래에서 벨텔의 편지를 읽노라던
박목월 시인의 4월의 노래가 떠오르는
3월의 끝과 4월의 첫날이 함께 들어 있는 주간입니다.
시인 T.S 엘리엇은 4월은 잔인한 달이라고 노래했습니다.
죽은 땅에서도 라일락을 피우는 4월
잔인한, 그 만큼 아름다운 달이라는 뜻입니다.
한해의 1/4이 지나가고 있습니다.
아이들이 커가는 것 만큼 세월도 흐릅니다.
그 흘러가는 강에서 우리는 무엇을 건져내고 있는가?
자문해 봐야 합니다.
하루하루 그냥 때우듯이 살면
시간의 땜장이일 수밖에 없습니다.
동네에 서점이 생겼기에 기뻐했는데 어느 날
문을 닫아버리고 철수했다고 합니다.
먹을거리, 입을거리, 볼거리 중
우리는 먹고 입는 데는 돈을 써도
인쇄물로 된 책을 사는 데는 인색하지 않은가요?
책은 빌려 봐도 되지만
옷은, 먹을거리는 빌릴 수가 없기에 그런가?
4월 1일은 책의 날입니다.
옛날에는 종이가 없어 대나무 껍질에 글을 썼습니다.
가죽끈으로 묶어서 썼습니다.

그 대나무 껍질을 넘길 때마다 착! 착! 소리가 납니다.
그래서 이 모음동화로 책이 된 것입니다.

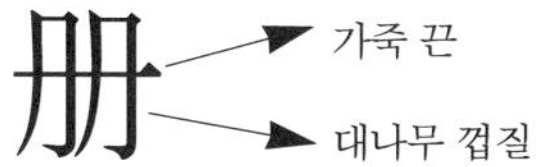

바로 이것이 책이라는 한자입니다.
책을 많이 읽은 사람은 향수를 뿌리지 않아도 향기가 납니다.
별로 꾸미지 않아도 고상한 아름다움이 풍깁니다.
책을 읽지 않는 사람은 빈 수레 같이 요란하기만 합니다.
아이들에게 하루 15분씩 책을 읽어줘야 합니다.
조금씩이라도 읽어줘야 합니다.
그렇게 해서 15분이면 충분히 기적이 일어날 수 있습니다.
책과 놀도록, 책을 먹도록 엄마들이 신경을 써줘야 합니다.

꽃보다 아름다운 사람들

온갖 꽃이 피어나
나 여기 있어요! 라고 말하는 듯한 4월입니다.
시인 김춘수님의 꽃이라는 시가 떠오릅니다.

내가 그의 이름을 불러주기 전에는
그는 다만
하나의 몸짓에 지나지 않았다.
내가 그의 이름을 불러주었을 때,
그는 나에게로 와서
꽃이 되었다.
내가 그의 이름을 불러준 것처럼
나의 이 빛깔과 향기에 알맞은
누가 나의 이름을 불러다오
그에게로 가서 나도
그의 꽃이 되고 싶다
우리들은 모두
무엇이 되고 싶다
너는 나에게 나는 너에게
잊혀지지 않는 하나의 눈짓이 되고 싶다

어떤 여인은 꽃이 제일 싫다고 합니다.
그 여인에게는 꽃 선물이 괴로운 선물이 되고 맙니다.

시들 때가 싫고, 시든 꽃을 버릴 때가 괴롭다고 합니다.
저는 그 누구보다 꽃을 사랑합니다.
물론 굳이 비교하라면 꽃보다는 잎을 더 좋아합니다.
그래서 신록의 달 오월을 더 기다립니다.
그런데 저는 꽃보다 사람이 더
아름답다고 생각하며 사는 사람입니다.
물론 짐승만도 못한 사람도 있긴 합니다.
그러나…
자기도 어려우면서
자기보다 더 어려운 이웃을 돕는 사람,
불구의 몸으로 기어다니며
물건을 팔아 가족을 부양하는 사람,
자기 자식뿐만 아니라
버려진 남의 자식까지 거두는 사람,
겸손한 사람,
늘 공부하는 사람…
그런 사람은 꽃보다 아름답습니다.
꽃에 비유되기는커녕
짐승과 같거나 짐승보다 못하다는 사람은
극도의 이기주의자?
위, 아래 모르고 자기 혼자만 잘 살겠다는 사람?
아무튼 신문을 보면

꽃도 있고, 사람도 있고, 짐승도 있습니다.
'너희들은 꽃보다 더 아름답다' 니까
아이들이 고개를 갸우뚱거립니다.
나는 사람인데… 왜 꽃이라고 하시지?
담임교사가 설명하느라 힘들었다고 합니다.
아이들 때문에 웃어 봅니다.
그것도 맑게….

사람을 사랑한다는 것은 얼마나 어려운 일인가?

70평생 살아도 사랑 없이는 그가(그녀가) 살아도
살아 있는 존재가 아님을 우리는 알고 있습니다.
사랑은 묘약(妙藥)이어서
사는 게 재미없고 시들하다는 사람도
사랑해 주면 금세 생기가 돌고 활기를 찾게 됩니다.
살면서 사람을 사랑하다는 것이
얼마나 어려운 일인가를 절실히 느끼고 있습니다.
사랑을 사랑으로 갚지 않고
원수로 갚는 어리석은 사람도 있고
사랑을 독(毒)으로 키우는 사람도 있으니…
사랑의 길은 얼마나 험난한지요.
자식이라도 사랑은 어렵습니다.
욕심이 들어가기 쉽고
욕심을 채우기 위해
부모 마음대로 하기 쉽습니다.
그래서 사랑하는 데에는 인내와 기도가 필요합니다.
부디 엄마가 강해야 강한 아이로 키울 수 있음을 명심하시고
강(强)한 사랑을 아이에게 주시기를 바랍니다.
pampered child(응석받이)는 엄마가 만든 작품입니다.

웃음꽃이 아름답다

꽃의 축제가 끝나가고 있습니다.
나 여기 있어요!
앙증맞은 보라색 제비꽃이 얘기합니다.
그 우아하던 목련꽃은 뚝뚝 눈물처럼 지고,
벚꽃도 눈처럼 떨어져 내리고,
꽃이 진 자리에 새 혓바닥 같은
연녹색의 새 잎이 돋으며
신록이 짙어져 갑니다.
꽃이 질 때 서럽기보다
꽃이 필 때 서럽다는 시인이 있습니다.
왜냐하면 미리 질 때를 생각하기 때문이랍니다.
꽃, 꽃…
많은 꽃들이 피고, 지고 합니다.
그런데 어떤 사람의 웃음꽃이 얼마나 더 아름다운가!
생각되는 요즘입니다.
한국 사람들은 잘 안 웃는 민족이라고들 합니다.
엘리베이터에 함께 타고도 표정들이 굳어 있습니다.
화난 사람들 같습니다.
저도 가끔 미소를 지어 보면 웃는 얼굴이 더 낫습니다.
그럼에도 자주 웃지는 못합니다.
웃을 일이 별로 없으니까?
그럴 수도 있겠지요.

아이들과 함께하는 이 직업은
그래도 웃을 일이 많은 편입니다.
직책이 높아질수록 웃으면 안 된다?는
교육도 받지 않았을 텐데
남녀를 불문하고 지위가 올라가면 갈수록
무게 실린 목소리, 굳은 표정, 아유! 질리게 하는 권위적인 태도
외국에 가면 미소 지으며 다가오는 사람들
도와드릴까요? 이곳에서 사진을 찍으면 잘 나와요.
친절한 사람들이 많다고들 합니다.
우리도 안면 근육을 풀고 삶이 힘들지만
웃음꽃이 가장 아름답다 생각하며 살면
좋은 일이 생길 것입니다.
웃을 날이 올 것이라 기다리지 말고 먼저 웃어 보세요.
웃으면 좋은 날이 곧 오겠지요?

계절의 여왕 오월엔…

온갖 꽃들이 흐드러지게 피던 4월이 가고
연초록 새잎이 피곤한 눈과 마음을 씻어주는
오월이 오고 있습니다.
노천명 시인은 오월은 계절의 여왕이라고 노래했습니다.
진정 오월은 아름답습니다.
그 어느 것 하나 아름답지 않은 것이 없습니다.
논, 밭에는 곡물들이 자라고
산에서는 뻐꾸기가 노래하고
어린이날, 어버이날, 부처님 오신날, 스승의 날
기념해야 하는 날이 많습니다.
한 가정은 영혼의 치료소라고 생각합니다.
아이들과 도란도란 얘기하며 먹는 된장찌개와 밥은
그 어느 보약보다 영양가가 많겠지요.
살과 뼈를 깎아 우리를 키워주신 어버이 사랑을 기리는
오월은 또 얼마나 아름다운지요.
불가에서는 옷깃만 스쳐도 전생에 상당한 인연이 있었다 하고
스승의 은혜는 또 얼마나 고마운 것인지!
그런데도 아이를 학대하고(부모 기분에 따라 대우가 달라짐),
부모를 버리고 스승이 어디 있느냐 교사만 있다고 냉소하고,
인연을 소중히 하지 않고
배신을 밥먹듯 하는 사람들도 많아서…

어쩌면 더 쓸쓸할 수도 있는 오월입니다.
내게 잘해 준 사람, 상처 준 사람, 부족한 사람,
넘치는 사람, 어린 사람, 늙은 어르신 모두에게
사랑의 향기를 전하는 오월이 되기를 바랍니다.

Family에 대하여

요즘 시대에는 house(집)은 있어도 home(가정)은 없다고
냉소적으로 얘기하는 사람도 더러 있습니다.
큰집에서 따로따로 행복하게 사는 사람들도 있지만
작은 집에서 여러 식구가 오순도순 사는 가정도 있습니다.
가족이란 얼마나 든든한 보험일까요?
서로 아껴주고, 다듬어주고, 복돋아주고
사랑하는 가족 Family!
Family란 Father and Mother I love You에서
머리글자를 따 만든 단어라고 합니다.
우리나라를 동방예의지국이라 했지만
지금은 동방무례지국입니다.
웃어른도 몰라보고 버릇없는 사람이 적지 않습니다.
그렇다면 왜 이렇게 되었을까요?
어떤 학자는 핵가족화가 불러온 증상이라고 주장합니다.
할머니, 할아버지, 엄마, 아빠, 아이들 이렇게
삼대(三代)가 한 집에 살 때는 버릇없는 아이가 적었습니다.
그러나…
지금은 따로따로 제각각 사는 경우가 많습니다.
어떤 과학자의 아이는
늘 실험실에서 밤늦게 귀가하는 아빠가 어느 날
일찍 돌아오니까 깜짝 놀라더랍니다. 낯선 남자인 줄 알고…
아이들 교육 때문에, 직장 때문에 성격이 안 맞아서…

떨어져 사는 가족들
가족의 소중함을 다시 한 번 깨닫고
'어머니, 아버지, 사랑합니다' 라고 고백하면
아이들도 따라서 '사랑한다' 고백할 것입니다.
콩 심은데 콩 나고 팥 심은데 팥 납니다.
자기 스스로가 효자, 효녀 노릇해야
아이들도 효(孝)를 배웁니다.
직장에서도 마찬가지입니다.
자기가 상사에게 잘 해야 후배들이 자기를 잘 섬깁니다.
자기가 뿌린대로 거둔다는 것을 새삼 깨닫는 오월
앵두가 익어가고 있습니다.

딸이라는 이름으로…

지금이야 아들, 딸 구별 않는 양성(兩性) 평등시대이지만
불과 얼마 전만 해도 딸을 낳으면 속상해 울며
미역국을 먹은 엄마가 있다고 합니다.
하나의 인간으로 아들, 딸을 바라보고, 양육해야 함에도
예전에는 딸은 출가외인이라는 의식이 팽배해 있었습니다.
가정 형편이 어려우면 아들만 교육을 시키고
딸은 학업을 중단하게 했다는 옛 이야기
그런 얘기를 들으면 당연히 공부를 계속하게 하셨던
부모님이 새삼 고맙기만 합니다.
그러나…
아직도 우리나라 문화는 남성문화가 주도하고 있으며
여성에게는 유리 천장이 있어 더 이상 올라갈 수 없는
제도 아닌 제약이 있습니다.
알파걸이라 해서 판검사도 여자들이(그것도 미모를 겸비한)
의사도 여자가 많습니다.
그러나 아직도 여자 의사보다는 남자 의사를 더 신뢰하고
여자 변호사보다 남자 변호사를 더 선호, 신뢰합니다.
우리 여성들은 딸이라는 이름으로
굴레 아닌 구속이 있었습니다.
그러나 우리 유치원에 다니는 아이들이 자라 어른이 되면
어쩌면 모계사회가 정착되어 있을 수도 있고
딸을 낳으면 축하한다는 인사를 더 많이 받고 웃으며

미역국을 먹고 여왕처럼 몸조리할 수도 있겠습니다.
언젠가 '열 아들 안 부러운 딸 하나만 낳아 잘 기르자'
이런 표어까지 있었지만
요즘은 출산 장려금에 보육비 지원에 이제는
미혼모까지도 우대해야 인구가 증가한다고들 합니다.
출가외인이라며 시집간 딸을 홀대하던 아버지가
재산을 모두 아들에게 바치고(빼앗겼을 수도)
딸에게 의탁해서 사는 경우도 많습니다.
양성(兩性) 평등시대!
여자아이에게도 남자가 하는 일을
남자아이에게도 여자가 하는 일을 서로서로 가르쳐
평등하게 살아갈 수 있도록 교육해야 합니다.
딸이라는 이름으로…
우리 여성이 더 행복한 사회가 되었으면 합니다.

스승이라는 이름으로…

옛 말에 스승의 그림자는 밟지 않는다는 말이 있습니다.
청출어람(靑出於藍)이라는 말도 있습니다.
스승보다 제자가 낫다는 말입니다.
가끔 신문을 보면
스승은 없고 교사만 있는가?
하는 회의가 들기도 합니다.
아이들을 때리는 교사,
함께 욕하고 대드는 아이들 학교로 쫓아와
아이들이 보는 앞에서 선생님 머리채를 잡는 무서운 엄마,
교육 현장에서는 웃을 수도 울 수도 없는
이야기들이 적지 않습니다.
굶는 아이들을 위해 도시락을 싸 오는 선생님,
아이들 적성을 파악해
'너는 소설가가 되면 좋겠다!'고 해
한국에서 유명한 소설가를 배출시킨 선생님,
엄마보다 더 학생들을 사랑하는
훌륭한 선생님들도 많이 계십니다.
아이들에게 첫 번째 학교는 무릎학교(엄마, 아빠)이고,
두 번째 학교는 유아학교입니다.
아이들 품성에 가장 큰 영향을 줄 유아학교, 교사들…
'스승의 날'을 보내며 우리 유아학교 교사들은
진정 스승이라 불릴 자격이 있는가? 자문하며

교사로서의 자세를 더욱 가다듬고 있습니다.
하지 마라!고 제지, 통제하는 교사보다
무엇을 하면 어떨까? 묻는 질문 많은 교사,
자주 안아주는 교사가 되리라 다짐합니다.

강아지 두 마리를 키우며…

제가 기르는 강아지의 이름은 '봄'이와 '햇살'이입니다.
둘이 있으면 봄 햇살이지요.
말티즈라는 종인데 그 아이들은 어찌나 영리한지
사람들을 놀라게 합니다.
'봄'이는 음감이 뛰어나 전화가 오거나 음악이 들리면
따라서 노래를 부릅니다.
햇살이는 말을 합니다.
그리고 두 아이 모두
어찌나 사람들을 따르는지 아파트에서 유명합니다.
예쁘고, 순하고 사람들을 잘 따른다고…
그 누구를 봐도 반깁니다.
편견이 없습니다.
나이 들어서는 강아지나 고양이 등
애완동물을 키우는 것이 치매 예방에도 좋다고 합니다.
정서 교환이 되니까 외로움이 희석됩니다.
'봄'이라는 아가씨는 아픈 기색이 보이면
옆에서 떠나지 않고 지켜줍니다.
주인이 행복하면 그 아가씨도 행복하지만
우울하면 그 아이도 우울해합니다.
두 아가씨 다 푸른 잔디밭을 뛰어다니며 노는 것을 즐깁니다.
아이들에게 좋을 듯해서 토끼 한 쌍을 사다
유치원에서 길렀는데 사육장이 망가져

한 마리는 어디론가 가버리고 또 한 마리는 남아서
원장실 문 앞에서 재롱 떨며 잘 컸는데…
어느 날 또 누군가가 잡아갔습니다.
도시에서 애완동물을 키운다는 것이 참 어렵습니다.
자폐아도 강아지와 친구하면 마음 문을 연다고 합니다.
동물을 학대하는 사람이 없는 그런 마을이었으면 합니다.
6월입니다.
찔레꽃 향기가 달콤합니다.
호국 보훈의 달 유월,
나라사랑을 실천하고 아이들에게도 가르쳐야겠습니다.

운명대로 사는 것이 아니라 품성 따라 산다

사람들을 보면 저 사람은 부자로,
명예를 지니고 귀하게 살겠다.
아니면 비천하게 살겠다는 답이 나온다고
어떤 분이 말합니다.
어떻게 알 수 있을까?
많은 학자들이 선천은 없고 다 후천적으로,
환경에 따라 달라진다고 합니다.
물론 물리적 환경, 인적 환경에 따라 성격이 많이 달라집니다.
교육을 많이 받은 사람들이 인격적으로 나을 수도 있습니다.
물론 다 그렇지는 않습니다.
하지만…
물리적 환경이나 인적 환경(부모, 교사, 지역사회 등)이
나빠도 멋지고, 훌륭하게 자라는 사람이 있는가 하면
나쁜 짓만 일삼고 툭하면
남의 것이나 탐내고, 헐뜯고, 시끄럽게 하는 사람이 있습니다.
태어날 때부터 운명을 타고 난다는 말도 일리는 있지만
타고난 품성이 곱고, 맑고, 바른 사람은 어딜 가나
'평화' , '평안' 을 만들고
자기 스스로를 품위 있게 만들어 갑니다.
타고난 품성이 거칠고 사나운 사람은
어떤 환경에 가서도 트러블을 일으키고
자기 인생도 시끌시끌 만들어 갑니다.

자기가 못 배우고 힘들게 사는 것을
사회, 환경 탓으로 투사합니다.
그러나…
운명을 무시할 수는 없지만 성품이 그 운명을
적극적으로 도와서 좋은 운명으로, 험한 운명으로
강화시켜 간다는 사실을 인식하고
우리 아이들도 좋은 품성을 지니도록 노력해야 합니다.
그것이 아이들에게 줄
찬란한 유산임을 잊지 말아야겠습니다.

부모는 기름진 밭이 되어야 한다

유치원 뜨락에
옥수수, 벼, 땅콩, 고추, 오이, 호박, 목화를 심었습니다.
매일 들여다보고, 풀도 뽑아주면서
해마다 느끼는 것이 있습니다.
흙은 정직하다는 것입니다.
무언가를 받아들여 싹이 돋게 하고, 키워가는 흙
유치원 뜰만 사진 찍어도
작은 식물도감 한 권은 만들 수 있을 듯합니다.
그런데…
위치에 따라서 자라는 속도도 다르고, 건강상태도 다릅니다.
흙이 기름진 곳에서는 쑥쑥 잘도 크지만
박토(양분이 거의 없는 흙)에서는
잘 자라지 못하고 안간힘을 씁니다.
보기에도 안쓰럽습니다.
어느 날 오이를 보니 구부리고 있는 애벌레 같습니다.
늘씬하고 잘생긴 오이가 결코 아닙니다.
크지도 않고 벌써 누렇게 익어가고 있습니다.
이 오이를 보면서 부모의 마음밭(心田)이 기름지지 않으면
우리 아이들은 멋지게 자라서
결코 아름다운 사람이 될 수 없다는
두려운 진리도 새삼 깨닫습니다.
식물도 그럴진대 사람이 부모라는 인적 환경이 부실하면

어떻게 잘 자라겠습니까?

지금 20대 사람을 보면 그네들의 부모가 보입니다.

돌밭 같았는지, 기름진 풀밭 같았는지 훤이 보인다고 합니다.

30대부터는 자기가 조각해 갑니다.

그래서 나이 40에는 자기 얼굴에 책임져야 한다고 합니다.

부모가 책 한 줄 안 읽고, 불평만 가득한 돌밭 같다면

아이들이 과연 쑥쑥 자랄 수 있을까요?

꼬부라진 오이처럼 마음도 꼬이고,

결코 아름다운 성장을 할 수 있을까요?

우리 부모부터 기름진 마음밭이 되도록 노력해야겠습니다.

유치원 뜰에 거름을 좀 해야겠습니다.

호박, 오이, 옥수수, 고추, 땅콩 그들이 잘 자라서

우리에게 기쁨을 보다 많이 안겨주길

기대하면서 말입니다.

이 고비를 넘기면…

부유층은 해외로 휴가를 떠난다고들 하지만…
우리 서민들은 그저 가까운 계곡이나 강가로 가서
더위를 달래는 것도 훨씬 경제적이고, 멋질 듯합니다.
흰개망초 한들거리는 강가에서
직접 밥도 짓고, 호박 넣고 된장찌개 보글보글 끓여 먹는 순간
무슨 해외가 부럽겠습니까?
OECD 국가 중 자살률 1위에 경제는 11~13위
오늘도 서민은 힘겹게 이 여름을 지나가고 있습니다.
행복지수가 별로 높지 않은 나라
한 해도 가슴 졸이지 않고 지나간 해가 없었습니다.
이렇게, 저렇게 깎이고, 낮아지고, 하면서
이해가 안 되는 일도 참아가면서
무슨 말이든 달게 들어가면서
그래도 아이들이 좋아서 이 유아학교를 지키고,
가꾸고 행복해하고 있습니다.
함께 있는 교사가
'고비예요. 이 고비를 넘기면 좋아질 거예요.' 라고 위로합니다.
귀가 번쩍 트이는 느낌이었습니다.
'그래. 이 고비를 넘기면 돼!'
클래식 음악을 즐겨 들으며
아이들에게 보다 영양가 있는 음식을 먹이려 노력하면서
멋도 부릴 줄 아는 선생에게 한 수 배웠습니다.

이 고비를 넘기면…
여러 학부모님들도 노력하며
이 고비를 넘겨 보세요.
분명 시원한 가을이 오면서
좋은 날이 올 것입니다.

한 마리 새처럼, 한 마리 물고기처럼…

어느새 한해의 중반 6월
유월도 중순으로 접어들고 있습니다.
모내기 한 논에는 벼들이 자라고,
감자밭에는 감자가 토실토실 살쪄가고 있고,
산에는 뻐꾸기가 뻐꾹뻐꾹 노래하고,
들장미는 흐드러지게 피는 유월 속에 우리가 있습니다.
아이들도 쑥쑥 잘 자라고, 건강도 좋지만
경제가 원활하지 않아 우울한 요즘입니다.
모든 요금이 오르기만 하니 한숨이 나올 수밖에 없겠지요.
이럴 때는 아껴 쓰는 수밖에 별다른 방법이 없는 듯합니다.
더위는 찾아오고, 물가는 오르고…
이런 현실에서는 창공을 훨훨, 우아하게 나는 새들이
아! 부럽습니다.
그리고 물속에서 우아하게 헤엄치는 물고기가
오! 부럽습니다.
기온도 오르고, 물가도 오르는 유월
우리는 마음다짐을 새롭게 하고,
우리의 소비 생활을 되짚어 보고,
더욱 알뜰하게 살면서 한 마리 새처럼, 물고기처럼
우아하게 시원한 오미자차 한잔 마셔야겠습니다.
짙푸른 나무를 바라보면서 말입니다.

꽃 싸은 종이에서는 향기가 나고,
생선 싼 종이에서는 비린내가 난다

지루한 장마에 세계 각 나라의 불경기와 민족 간 갈등에…
7월은 홀홀히 어딘가 떠났다 오고 싶은 달입니다.
나는 과연 어떤 모습으로 살아가는가?
인생 돌아보면서 하반기를 설계해야겠습니다.
돌아오기 위하여 떠나는 것입니다.
인파가 많은 휴양지로 떠난다고
스트레스와 우울감이 해소되는 것은 아니지요.
책을 많이 읽은 사람이 경쟁력이 있다는 것
잘 알고들 계실 겁니다.
책을 많이 읽는 부모의 모습 보여주고
함께 책을 읽어 보세요.
인품의 향기가 날 겁니다.
아이들에게 어떤 종이가 될 것인지?
빗방울 소리 들으며 생각해 보는 부모였으면 좋겠습니다.
이육사의 청포도를 낭송해 보시면서…
냉커피 한잔 마시면서…
쇼팽의 음악을 들으면서….

네 탓이고, 내 덕이고…

어느새 청포도의 달 칠월이 돛단배처럼 밀려왔습니다.
그 칠월도 중순입니다.

사노라면…
힘든 일들이 굽이굽이 놓여 있습니다.
터널을 지나 밝음만이 있으리라고 기대하지만
또 하나의 터널이 기다리고 있는 것이 '삶' 입니다.

살면서 제일로 힘든 것이 '관계' 입니다.
사람과의 관계
내가 이렇게 사는 것은 부모의 탓이고
남편(아내)의 탓이고
운명 탓이고…
이렇게 탓만 하는 사람이 더러 있습니다.
자기를 돌아볼 겨를이 없습니다.
자기는 모두 완벽하고, 훌륭한데
남들 때문에 모든 일이 꼬입니다.

포도밭에 작은 여우가 찾아와 포도밭을 망쳐 놓으면
내 스스로 작은 여우를 쫓아야 합니다.
그것이 생활의 이치이고 기본입니다.
이기심이 작은 여우입니다.

그런데도 불구하고 여우를 쫓아내지 못하는 것을
남 탓으로 돌리면…
그의 인생이 과연 단 열매로 바구니가 가득 찰런지요?

왜 어떤 사람들은 내 탓이고,
네 덕분이라는 생각은 하지 않는 것일까요?

지구가 심상치 않아 폭염이 계속되고 있다는 소식입니다.
뉴욕은 37℃, 베이징은 40℃, 신장자치구는 44℃로
살인 더위를 보이고 있다는 것입니다.
도로에 계란을 놓자 3분 만에 익는다는 소식도 들려옵니다.
우리나라도 이제 에어컨 없이는
견디기 어려운 여름 속에 있습니다.
시원한 여름을 위해서라도
잘된 일은 네 덕이고 잘못된 일은 내 탓이라는
익은 인격의 소유자가 되었으면!

온갖 열매에 단물이 들어가는 7월에 기대해 봅니다.

연(蓮)에게서 배운다

연못에 백련이 가득 핀 곳을 지나다 보면
아! 나도 연못에 연을 키우고 싶다는 탄성이 흘러나옵니다.
늦가을이 되면 시름시름 하다가 죽은 듯 겨울잠에 들어가는 연
담요로 덮어주었더니 올여름 그 따스함에 응답하듯
넌출넌출 많이도 피었습니다.

고맙다!
돌봐주어도 보답하지 않는 인간들이 얼마나 많더냐?
너는 그래도 이렇게 보답하는구나.

사랑스럽습니다.
화원에 가면 진흙을 팝니다.
그것으로 뿌리부분을 싸주어야 삽니다.
진흙 속에서, 시궁창 냄새나는 곳에서
그 우아한 모습으로 피어나는 연

연을 사랑하지 않는 사람을 못 보았습니다.
연꽃 닮은 사람은 보았습니다.
시궁창 같은 환경에서도
고아(古雅)하게 자기 꽃을 피우는 사람
그런 아름다운 사람이 그리운 연꽃 피는 계절입니다.

쑥쑥 자랍니다.
모도, 피도, 풀도 무시무시한 생명력으로 자라고 있는
7월입니다.
연에게서 새삼 배웁니다.
환경 탓만 하는 것은 무능하고, 게으른 사람이라고…
연꽃 같은 사람이 어디 흔다던가요?
그래서 이 더운 날
사람들은 연꽃을 만나러 가나 봅니다.

이별보험

입추가 8월 7일이었으니 여름과 이별할 날도 멀지 않았습니다.
여름은 위대하지만…
참으로 긴 세월 동안 여름의 에너지를 참아내야 합니다.

이제 살다 보면 보험(insurance) 없이는 불안합니다.
건강보험은 필수이고,
교육보험, 여행자보험, 장기요양보험, 사망보험 등등…
보험은 어쩌면 불안한 삶에 우산이 되어주고,
방파제가 되어주는 역할을 제대로 하고 있는지도 모릅니다.

자식이 보험이던 시대는 이미 갔고
보험을 스스로 골라 들어놓아야
그 보험이 효자, 효녀 역할을 합니다.

어떤 친구는 암보험 덕을 톡톡히 보았다고 합니다.
암이 발견되어 수술했는데
보험료가 1,500만원이나 나와
부담 없이 수술할 수 있었다는 것입니다.

그런데 요즘 2, 30대들은 이별보험도 든다고 합니다.
만약 헤어질 때 보험을 완전히 깨는 것이 아니라
각자 분리해 계속 이어간다는 것입니다.

이름하여 이별보험!
2, 30대를 보면
진정 쿨하고, 합리적이고 매력적입니다.

보험 드는 돈은 아끼지 말아야 합니다.
든든하니까요.
나중에 효자 역할을 하니까요.

과잉행동(ADHD)에 대하여

요즘 초등학생 4명 중, 1명 꼴로
주의력 결핍, 과잉행동을 보인다고 합니다.
과잉행동장애아들 때문에 초등학교 선생님들은
참 힘겹다고 얘기합니다.
이리 왔다, 저리 갔다, 안절부절못하고…
산만한 아이가 많다는 것입니다.
오늘이 입추,
벼는 농부의 발자국 소리를 들으며 큰다 했던가요?
여든여덟 번의 손길이 간다 해서
쌀미자(米字)가 이렇게 쓰는 것입니다.
그래서 88세를 미수라 하지요.
우리 아이들은 어떤가요?
엄마라는 이름으로 얼마나 아이들을 함부로 대해 왔는가?
아이들을 보면 알 수 있습니다.
자기들 기분에 안 맞는다고 이 어린이집, 저 학원, 이 유치원
이렇게 아이 의사와는 상관없이 끌고 다닌 아이들은
학교에 가서도 산만하다는 것입니다.
옮겨 심으면 뿌리가 상합니다.
아이도 마찬가지입니다.
인생에서 유일한 반복기가 유아기입니다.
반복해서 익혀야 자신감이 붙고 확실한 습관이 형성됩니다.
유치원은 3년 과정입니다.

습관은 제2의 천성이라 했습니다.
엄마가 감정 기복이 심하고 불평, 불만만 늘어놓으면
그 엄마의 아이도 그런 인간형이 됩니다.
사람은 생각하는 대로 됩니다.
노숙자의 신세에서 하버드대학에 입학한 흑인 소녀는
노숙하면서도 늘 책을 가까이 했다고 합니다.
금쪽 같은 내 아이들이 부모의 잘못된 품성으로 잘못된다면
얼마나 애달픈 것일까요?
아이들이 예의 바르고, 반듯하게 자랄 수 있도록,
강한 의지로 이 세상 헤쳐 나가는 아름다운 사람이 되도록
늘 배려해 주시기 바랍니다.

제5의 에너지

CF 중에 이렇게 고백하는 것이 있습니다.
you are my energy!
우리 인간들 결혼한 어른들의 에너지는 '자식' 입니다.
아이들을 그 누구보다 곧고, 바르게 키우기 위해
부모들은 최선을 다합니다.
아무리 경제적으로 어려워도 교육비는 아끼지 않습니다.
어느 학자가 이렇게 말했습니다.
'유아기에 투자한 1달러는 성인이 되어 8달러로 돌아온다.'
유아기가 얼마나 중요한가를 단적으로 얘기하고 있습니다.
에너지를 펑펑 쓰다 보니 지구온난화로 지구 곳곳에
홍수와 가뭄 등 우리 사람의 힘으로
어찌 해 볼 수 없는 재해가 일어납니다.
에너지 소비에서 에너지 절약으로
온 세상이 묘책을 짜내고 있습니다.
세탁물을 헹굴 때 뜨거운 물이 아닌 찬물로만 해도 절약되고
절약의 방법은 가지각색입니다.
국내 여행하다 보면
휴게소마다 아름다운 화장실이 있어 감탄합니다.
이제 우리는 절약이라는 제5의 에너지 창출에
힘을 모아야 할 때를 맞았습니다.
그러나…
유아기에 절약한다고 교육의 기회를 단절, 박탈, 중단하면

성인이 되어 '비 내리는 날' 처럼
불행한 인생을 살 수도 있음을 잊지 말아야겠습니다.
유아기에 이것저것 시킨다고 과다한 지출을 하는 것은…
낭비일 수도 있겠지요?
아이들을 키운다는 것은 사랑과 시간의 예술입니다.

아름다운 사람들

가만히 앉아 있어도 땀이 흐르는 여름의 막바지입니다.
뚝뚝 떨어지는 땀을 닦으며
농사를 짓고, 집을 짓고, 또 이상의 집을 짓는 사람들…
요즘은 남자들도 피부 마사지를 받으며
외모에 신경을 쓴다고 하지만
직업도 없이 돈만 소비하는 사람이 아름다울 수 없으며
자기 일에 치열하게 열정을 쏟지 않는 사람이
결코 아름다울 수 없습니다.
좋은 사람이면서 아름답기는 어려운 것일까요?
지금 자기가 앉아 있는 자리가 가시방석인 것 같지만
결국은 그 자리가 꽃방석인데도
사람들은 열심히 일해서 돈을 벌려 하는 것이 아니라
대충 일해서 돈을 벌려는 사람도 있기에
새 집도 물이 새고, 부실한 공사도 많고,
사기당해 우는 사람도 있고…
좀 더 열심히 일을 하면 좀 더 수확이 많은
'인생의 가을'이 올 텐데 하는 생각이 듭니다.
나이 많으신 실버 세대도 돈을 벌려고
꽃 배달도 하시는 이 시점에서
좀 더 열심히 땀을 흘려서
인생의 가을이 왔을 때
곳간에, 창고에, 곡식이 가득했으면 합니다.

그런 아름다운 사람들이
이 여름의 끝자락에서 많이 보였으면!
얼마나 흐뭇할까요?
하루를 후회 없이 살아야겠습니다.

때로는 시냇물처럼, 정원사처럼… 지휘자처럼…

덥다 덥다면서 사람들은 휴가 계획을 짭니다.
산으로? 바다? 시골로?
요즘엔 꼭 여름이 아니어도 자기 필요할 때
휴가를 낼 수가 있습니다.
은행에서는 한 달을 쉬게 하고(무임금)
그 돈으로 job 쉐어링(일자리 나누기) 일환으로
인턴사원을 뽑아 기회를 준다고 합니다.
우리 유아교육자들은 가장 막중한 소명의식으로
유년기의 중요성을 너무나 잘 알고,
매일매일을 아이들과 희로애락을 함께하고 있습니다.
우리 유아교사들은
어린 물고기들이 노니는 시냇물 같고,
때로는 가드너(정원)가 되어 작은 나무들을 가꾸며,
때로는 지휘자가 되어 각기 다른 음을 내는 악기들을
잘 조율하여 아름다운 하모니를 내려 합니다.
저희들은 참 행복합니다!
이 지상에서 제일 아름다운 꽃들을 가꾸고
멋진 악기들과 아름다운 곡을 연주하는
저희 유아교사야말로
참으로 행복한 직업이라 생각하고 있습니다.

구월의 노래

구월이 오는 소리
다시 들으면
꽃잎이 지는 소리, 꽃잎이 피는 소리
가로수에 나뭇잎은 무성해도 우리들의 사랑은 낙엽이 지고…
쓸쓸한 거리를 지나노라면 어디선가 날 부르는
당신 생각뿐…
늘 자기 관리를 잘해서 70이 넘은 할머니임에도
멋진 외모를 지닌 패티 킴의 노래 가사입니다.
우리는 하루하루가 선물임에도 남의 험담에
쓸데없는 고민에 하루를 헛되이 보낸 적은 없는가
팔월과 구월이 교차하는 교차로 같은 이번 주에 생각해 봅니다.
누군가 나에게 소홀하다고 서운해 말고 나는 그에게
어떤 존재였는가, 그를 진정 도와주고 있는가를 생각해 보면
서운하던 마음이 와락 부끄러워지고
남의 탓으로 세월을 보내던 내가
어리석다고 푹 고개 숙이게 됩니다.
덥다!고 짧은 옷으로 다닌 6, 7, 8월
이제 사색적이고, 깊이가 있는 분위기의 구월입니다.
고은 시인의 〈가을 편지〉라는 시에 이런 구절이 있습니다.
'가을엔 편지를 하겠어요. 누구라도 그대가 되어 받아주세요.'
E-mail, 문자 메시지 말고 편지(우표를 붙이는)를 써 보세요.

구월이 오면…

'come to september'
올드팝 중에 〈구월이 오면〉이 있습니다.
여름 내내 더위와 싸우다가 구월이 되면
고개 숙이는 것들이 많아집니다.
수수목, 해바라기, 벼이삭 등…
우리 사람도 여름 내내
짧은 옷에, 덥다, 덥다 연발하며
고개 쳐들고 지내다가 가을 냄새가 나고
밤에 서늘한 기운을 느끼며
옷장에 여름옷을 챙겨 넣다 보면
왠지 고개 숙여지고, 쓸쓸해지고
과연 봄, 여름 잘 살았나 돌아보며
한숨짓는 때가 생깁니다.
구월은 가을의 시작이지만
가을이 결코 길지 않기에
빠르게 지나갑니다.
덥다고 허둥대다가
잃어버린 것은 없는지?
잃어버린다는 것이 꼭 물건은 아닙니다.
소중한 인연을
사소한 감정싸움으로 잃어버리는 것은
깊은 가을에

제일로 후회되는 일일 것입니다.
이제 사색의 달 구월입니다.
경솔한 생각으로, 태도로 잘 가꾸던 ‘꿈의 정원’ 이
망가질까 두려워지는
그런 가을입니다.
인생은 성격이 만드는 것 같습니다.

추석을 앞두고…

곧 추석입니다.
해맑은 햇살, 발그레 익어가는 감
누렇게 익어가는 벼이삭…
코발트빛 하늘

우리나라의 가을은 어느 나라에 수출해도 손색이 없습니다.
가을은 생각에 잠기게 하고, 오던 길을 뒤돌아보게 하고,
관계하던 사람들에 대해서도 재조명하게 됩니다.
추석 때 고향에 모이면…
이런 얘기, 저런 얘기로 꽃을 피울 것입니다.
아랫마을 누구누구는 사업이 망했다느니
윗마을 누구누구네는 승진했다느니
두둥실 떠오른 달을 보며 사람 사는 얘기도
풍선처럼 둥실둥실 떠오를 것입니다.
많은 학자들이 선천은 없고
후천으로 인생이 결정된다고들 주장합니다.
그러나…
선천이 있습니다.
무덤까지 갖고 가는…
성격이 모나고 너무나 칼칼해서
이 직장 저 직장 전전하는 사람은
결국 실패하기 쉽고

한자리에서 굳굳하게 견뎌내는 사람은
언젠가는 빛을 보기 마련입니다.
직장에서 괜스레 모나게 굴고 불평불만이 많은 사람은
좋은 운명이 오다가도 되돌아갈 것입니다.
여성도 자기 일을 갖고 성공을 향해 가는
이 시대에 '품성'은 제일 중요한 자산으로 생각되어
우리 아이들도 '좋은 품성'을 길러주기 위해
유치원에서나 가정에서 꼭 명심해야 한다고 믿습니다.
모난 돌이 정맞는다 했던가요?
우리 아이들 공부 중에 제일 중요한 '품성교육'에
다시 한 번 전진해야겠습니다.
좋은 품성이 최우선입니다.

철새에 대하여…

어떤 사람은 자기가 죽어 다시 이 세상에 와야 한다면
철새로 오고 싶다고 합니다.
그 사람뿐만 아니라 많은 사람들은 새를 좋아합니다.
훨훨 날개를 펴고 비상하는 모습은
우아하기 그지없고 자유롭게만 보입니다.
저도 한 마리 새가 되고 싶다는 생각을 해 본 적이 있습니다.
그러나 그 새들도 얼마나 고달플까?
알게 되고 나서는 철따라 이사 다니는 철새가 안쓰럽습니다.
어디 한군데 안주하지 못하고 떠도는 사람들
다섯 가구 중 한 가구는 혼자 사는 가구라고 합니다.
혼자 사는 사람들
자식이 있어도 자식들에게 폐가 될까 봐
혼자 연명하는 초라한 노년
그런 일인가구가 점점 더 늘어날 것이라고 합니다.
우리는 모두 외로운 존재들입니다.
최대 명절은 다가오는데…
자식도 찾아가지 않는다면 얼마나 비참할까요?
잘살든 못살든 찾아가 함께 정을 나누며
햇곡식으로 만든 음식을 먹는다면
어떤 보약을 먹은 것보다 더 힘이 나지 않을까 생각됩니다.
보양식이 넘쳐나는 세상이지만…
가족의 사랑만큼 효과가 강한 보약이 없음을

잊지 말아야겠습니다.
철새가 날아오듯 명절 때만이라도
고향으로 가서 가족과 보내야겠습니다.
신종플루 때문에?
그건 가족 사랑을 뛰어넘을 수 있는 것 아닐까요?
신종도 무섭고, 무례한 젊은이도 무섭고,
가을 모기도 무섭고, 불경기도 무섭습니다.
그런 때에 살고 있습니다.
우리도 때때로 철새처럼 떠나고 싶습니다.

더도 말고 덜도 말고 한가위만 같아라

잠 안 오는 밤에 수첩에 적어 봅니다.
올해에 내게 잘해 주셨던 분들.
감사의 마음을 전하고 싶은 분들이 누구누구였던가?
너무나 많습니다.
아플 때 도가니탕 끓여 갖다주신 앞집 할머니,
눈이 오나 비가 오나 유치원에 아이들을 보내주신 학부모님들,
그리고 유치원 임직원들,
멀리서나마 늘 걱정해 주는 친구들…

'감사' 를 자주하는 사람은
암에 걸리지 않는다고 합니다.
'원망, 불평' 을 자주 하는 사람은
병에 잘 걸린다고 합니다.

최대 명절 추석을 앞두고
벌써 선물을 고르느라 야단들입니다.
살아가면서 나이가 나보다 어린 사람에게서
도움을 받기도 하고
참을 수 없는 모욕을 겪기도 합니다.

그러나 이제는 먼 인생의 뒤안길에서 돌아와
거울 앞에선 누이 같은 꽃 국화처럼

모진 비바람에도 견뎌내고
참을 수 없는 수모도 참아낸
우리 인생들.

한자리에 모여
내일은 새로운 태양이 뜬다는 생각으로
희망을 노래하며 한가위 잘 보내시고
뒤탈이 생기지 않기를 바랍니다.
서로 사랑하는 수밖에…
우리 인생은 사랑하는 수밖에 별 도리가 없습니다.

갈대숲을 지나며…

요즘 들녘에 나가면
갈대와 억새가 한들거리는 모습이 너무나 멋집니다.

갈대는 냇가나 습지에 숲을 이루어 자라는 다년초로
회백색의 꽃이 피는 것이고
억새는 산이나 들에 나는 것으로
자줏빛을 띤 황갈색의 이삭으로 된 꽃이 핍니다.
옛날에 줄기와 잎으로 지붕 이엉을 얹었다고 합니다.

'아! 으악새 슬피우니 가을인가요'
하는 흘러간 노래의 으악새는 억새의 방언입니다.
바람이 불면 억새풀들이 부딪치며 내는 소리가
우는 소리로 들린 것이지요.

가을엔 왠지 더 지난날을 돌아보게 되고
한해를 잘 살고 있는가?
스스로에게 물어보게 되고
이제는 끝나버린 인연도 생각하게 됩니다.

갈대숲에 서면 저는
갈대들이 노래하는 듯 들립니다.
어떻게 보면 하얗게 머리카락이 센

할머니, 할아버지처럼도 보여서 가슴이 싸~아 합니다.
어차피 늙어가는 인생
주변 사람을 잘 사랑하며, 챙기며 살아야겠습니다.

내가 좀 희생당하더라도
갈대처럼 노래하며 살아야겠다는 원숙한 여성의 인격을
나뭇잎 하나 둘 물드는 곳에서 생각합니다.

밉상과 곱상

D일보를 보면 꼴이라는 만화가 연재됩니다.
재미있습니다.
맞는 것도 있고 전혀 안 맞는 것도 있습니다.

손으로 보는 수상(手相)도 있고, 관상도 있고,
족상도 있다지만…
저는 그것보다 심상(心像) '이미지' 를 봅니다.

마음이 단정하고 착한 사람은 곱상으로 보입니다.
이목구비야 어찌됐든 말입니다.
그러나…

미모의 얼굴이면서도 깍쟁이 같고
이기적으로 보이는 사람은 밉상으로 보입니다.
밉상은 앞에서는 웃고
뒤돌아서면 그 사람을 헐뜯는 사람입니다.
겉과 속이 다른 사람입니다.
곱상은 차라리 앞에서 할 말 하고
뒤돌아서면 그 사람을 칭찬하는 사람입니다.
함께 일하면서 시어머니 흉보는 며느리도 있지만
조용히 일하다가 이렇게 얘기하는 며느리가 현명합니다.

‘우리도 그 나이에 그 모습일 수도 있어요.’
참 곱상도 많고, 밉상도 더러 있습니다.
남이 밉상이라고 손가락질하지 말고
내 스스로 곱상이 되어야겠습니다.
많은 사람들에게 인정받고, 존경받고….

책임감이라는 것…

책임이라는 것이 얼마나 막중한 것인지 유치원 설립 후
외국에 회의차 출국하면 그 당시 주임교사는
매일매일 손꼽아 책임자인 저를 기다렸다고
어제도 전화로 얘기합니다.

25년 전에 근무했던 교사
이제는 신학박사(목사)의 아내가 되었고
딸은 대학에서 바이올린을 전공한다며
자기네 시골교회에 와 보라고
낙엽이 뚝뚝 지고 있다고 했습니다.

직장에서나 가정에서 무책임한 사람도 있어
불안한 세상입니다.
학기 중간에 아이들을 내팽개치고 나갔다는
어느 교사의 이야기
자기 아이와 아내를 내팽개치고
다른 아내를 찾아가는 파렴치한…

책임이란 영어로 responsibility라고 합니다.
respond: 대답하다에서 나온 단어입니다.

책임은 누군가 불렀을 때 대답, 응답하는 것입니다.

아이들이 엄마! 아빠! 원장선생님을 불렀을 때
아무런 대답도 없다면 무책임한 것이지요.

우리는 아이들에게 책임감 있는 부모와 교사로서
훗날 아이들이 상처받았다는 고백을 하지 않도록
세심한 배려를 해야겠습니다.

제가 만약 로마에 가 있다 해도
제 마음의 안테나는 늘 유치원에 걸려 있습니다.

참 힘든 직업입니다.

얼굴

얼굴이란?
얼(영혼)이 사는 동굴이라고 합니다.
유명 화가가 예수님의 모델을 찾아다니다
한 선량해 보이는 남자를 찾아 예수님을 그렸습니다.
몇 년이 흐른 후
예수님을 배반한 유다를 그리려 모델을 찾아다녔습니다.
딱 맞는 모델을 발견…
그를 그리려 하니
그는 바로 예수님의 모델이었습니다.
한 사람의 얼굴이
세월에 따라 그토록 변한 것이지요.
12월, 내 얼굴이 어떤가?
거울을 봅니다.
많이 상하고, 변했습니다.
착하고, 너그러운 마음으로 산다고 했지만…
유난히도 스트레스가 많은 직업이라 그런지
많이 늙었습니다.
저는 선생님들을 초빙할 때도
미모, 품성을 봅니다.
역시 미모의 여성이 실력도 있고 능력도 있습니다.
그러나…
얼굴 값(?)도 못하고

자기 인생을 무책임하게 내돌려
추락하는 얼굴도 있기에
책임감 있는 얼굴, 신중한 얼굴이
나이 들면 기품이 있고, 품위 있는 얼굴이
되지 않을까 생각해 봅니다.
학부모님들도 교사들의 얼굴보다
그 얼굴에 새겨 있는 책임감, 인내심을 보시기 바랍니다.

나도 그 누군가에게 선물이고 싶다

남편은 시계를 팔아
아내의 아름다운 머리카락을 빗질해 줄 빗을 사고
아내는 긴 머리카락을 잘라 팔아
남편의 손목에 채워질 시곗줄을 산다는
슬픈 단편이 있습니다.
우리는 선물을 주고받으며 '관계' 를
더 아름답고, 견고하게 해 나갑니다.
때때로 아내에게 꽃을 선물하고
때때로 남편에게 맛있는 특별요리를 선물하고…
선물 없는 인생이란 삭막하겠지요?
아이들은 산타할아버지가
착한 어린이에게 선물을 갖고 오신다는 것을
대부분 믿는 듯합니다.
어떤 아이는 엄마, 아빠가 산타라 하고…
서로 사랑의 선물을 주고받는 성탄절이 되었으면 합니다.
어려운 사람에게, 내 동료, 부모, 형제에게 우리는
선물 같은 존재가 되어야겠습니다.
신뢰를 져버리는 사람이 아니라
나를 믿어준 사람을 위해 뒤돌아보고
혹여 약속을 어기지 않았나
성찰하는 시간이 필요한 연말입니다.
뮤지컬 한 편, 영화 한 편이라도 보면서

그동안 섭섭했던 일, 억울한 일, 복잡한 일 잊어버리시고
새로운 꿈을 꿔 봐야겠습니다.
늙었어도 새 꿈이 있는 사람은 젊은 사람이고
젊어도 꿈을 잃은 사람은 늙은 사람입니다.
그 누구에겐가 선물이 되어 보시기 바랍니다.

겨울나무처럼…

하나, 둘 옷을 벗고 있는, 이미 다 벗어버린 나무 사이로
걷다 보면 낙엽 밟히는 소리가 들립니다.
시몬! 너는 좋으냐? 낙엽 밟는 소리가…
라는 구르몽의 시가 생각납니다.
한편 추운 겨울엔
연탄 한 장도 아껴 써야 하는 할머니, 할아버지
그리고 결식아동들도 생각나 가슴 아픕니다.
돈이 많은 부자들은 추위를 모르고
따뜻한 나라로 여행 가고, 스키를 즐기고 산다지만
그런 삶은 결코 아름답지만은 않다고
얘기하는 사람도 있습니다.
겨울은 겨울답게 추워야 하고,
옷 벗고 서 있는 겨울나무처럼 강인해야 하고,
기다릴 줄 알아야 한다고 믿습니다.
봄을 준비하고 있는 겨울나무들
새 달력이 나오고 크리스마스 용품이 나오고 있습니다.
아이들에게 한글, 수, 영어, 과학 하나라도
더 가르치려는 열정보다
강인한 의지, 배려, 자선, 겸손, 양보, 공중도덕…
이런 것을 가르쳐야 합니다.
좋은 차를 타고 다니면 뭐합니까?
차 창문을 내리고, 거리에 담배꽁초 버리고,

침 뱉고, 욕하고…
화장실에는 엉망으로 휴지를 버리고…
버릴 줄만 알지 줍는 법을 모르는 교양 없는 사람들!
겨울나무처럼 조용히 침묵하는 아름다움을
이 겨울에 배워야겠습니다.

따뜻한 마음…

나이들수록 등이 시렵다고 합니다.
저도 등에 숄을 두릅니다.
스타킹을 두 켤레씩 신어도 추울 때가 요즘입니다.
때로는 세 켤레도 신습니다.
세상이 변해서…
고령화 사회에서 노인들이 많고
어린이도 적고, 청년 실업자는 많고…
그래도 부유층은 큰 근심 없이 살지만
서민들은 한숨 쉬며 보다 나은 내일을 바라봅니다.
요즘 주변에 어려운 사람들이 많이 있다고 합니다.
이 추운 겨울날
노숙하는 사람도 있고
병실에서 병이 낫기만을 기다리며
투병하는 사람도 있습니다.
건강만 하여도…
사람들은 건강은 공기처럼 잊고 살다가
몸에 질병이 생기면 그때서야
'건강만 주신다면!' 하며
간절하게 매달리게 됩니다.
신체적으로도 건강해야 하지만
정신건강 또한 중요합니다.
신체와 정신이 분리될 수 없으니까요.

연말이 다가오고 있습니다.
나보다 못한 이웃은 없나 살펴보고
작은 사랑이라도 나누며 사는
'아름다운 사회'를 꿈꿔 봅니다.
그리고 나이 드신 어른을 공경하는 사회를
젊은이들은 꼭 이루어 나가야 할 것입니다.
'예의'를 모르는 젊은이가 가장 추하니까요.
따뜻한 마음으로 이 겨울을 지나가야겠습니다.
'따뜻한 마음'이라는 외투를 입고 겨울을 나야겠습니다.

아도니스 〈인동초, 설련화〉 이야기

춥습니다.
사람들은
더울 때에는
사람들이 곁에 오는 것을 싫어하지만
추울 때에는
서로의 체온을 나누고
서로의 마음을 나누고 싶어합니다.
창밖의 날씨는 춥지만
우리 가슴은 그 어느 때보다 따스합니다.
거리의 보도블럭 사이에서도 피어나던
봄날의 노란 민들레
그 민들레를 보며
지쳐가는 생활을 추스렸는데
이제는 눈 속에서도 피어나는
인동초, 설련화의 그 노란 빛깔을 보며
생명의 소중함, 강인함 그리고 경이로움을 느낍니다.
옛적에…
우리의 고조할머니, 할머니들은 얼음을 깨고
그 찬물에 손을 담그며 빨래를 했다고 합니다.
우리의 경제 순위는 OECD 국가 중 14위
아무리 아이를 낳으라고 권장해도
세계에서 출산율이 제일 낮은 나라가

우리나라라고 합니다.
개인적으로 나도
아이 하나 낳아 키운 것이 성공이고
그 밖에는 1/3정도는 실패라고 생각하는 사람입니다.
좀 더 낮은 교육비, 질 높은 교육,
그런 것만 보장되어도
아이를 안 낳으려 하는
여성, 남성은 점점 적어지리라 믿으며
무척 힘든 유아교육기관에서
아도니스 같은 얼음 속의 꽃처럼
강인하고도 순결한 꿈을 실현하겠습니다.

성탄절에 눈이 올까요?

무슨 드라마 제목에 〈성탄절에 눈이 올까요?〉
라는 것이 있나 봅니다.
눈이 없는 성탄절은 사실 매력이 적습니다.
흰 눈이 펑펑 쏟아진다면
그리고 캐럴을 들으며 교회에 간다면
서로 용서하며 사랑하게 된다면
너무나 멋진 성탄절이 되겠지요.
미워한다는 것은 자기 스스로가 괴로운 것인데도
미움을 사랑으로 바꾸기는 참으로 어렵습니다.
그러나 특별히 미워할 사람은 없습니다.
내가 생각을 바꾸면
그 누구도 이해할 수 없는 사람은 없겠지요.
저도 모든 욕심 내려놓고 나이든 사람의 맑은 지혜로
우리 아이들에게 등불 같은 존재가 되려 합니다.
육영사업가가 아니라 동화와 동시를 들려주고
꿈을 심어주는 그런 동화작가로
아이들에게 다가가려 합니다.
교육비가 저렴하면 교육의 질도 떨어진다.(X)
교육비가 비싸면 교육의 질도 높아진다.(X)
둘 다 틀린 말입니다.
저렴한 수업료로 알찬 교육을 하는 유치원에
성탄절 날 흰 눈이 올까요?
마치 축복처럼….

신종플루가 무서워

신종플루로 인한 사망소식이 잇따르고
예방에서 '심각' 으로 격상되자
우리 국민들의 불안 심리가 고조되고 있습니다.
이 상황에서는 손씻기만으로
예방이 완전하다고 볼 수는 없겠지요.
바이러스가 침입해도 방어할 수 있도록
평소 면역력을 키워두는 것이 상책입니다.
전통 발효식품이 좋다고 합니다.
김치, 된장, 청국장, 젓갈, 장아찌,
토마토, 당근, 시금치, 바나나, 감, 배가
좋다고 하니 집에서도 자주 먹어야겠습니다.
무서운 신종플루!
그것보다 더 무서운 것은
교만한, 경우 없는 사람입니다.

배려

어느 날,
드라이브 길에 가지가 잘려나간 플라타너스 위에
달랑 까치집이 드러나 있는 전경을 발견하고 아! 대단하다.
탄성을 내질렀습니다.

까치집을 철거하지 않기 위해
사람들은 얼마나 조심했을지…
전선 위에 지은 까치집을 한전 직원들이 부수는 과정에서
까치들은 주위를 맴돌며 울부짖는 것을 보며
얼마나 가슴이 아프던지!

그런데
나무 베는 분들의 배려로
철거당하지 않는 까치칩이 있으니
얼마나 흐뭇하던가!
나무 베는 사람들도 무지막지한 사람이 아니고
곱고, 따스한 마음을 가진 사람들이며
그들의 주변은 그야말로 아름다운 작품입니다.

헐리지 않은 까치집에서 까치들은 지금
알을 까며 식구를 불려 더 행복하겠지요?
따스한 사람들의 배려로 말입니다.

외동딸

외동딸이 주변에 많은 요즘입니다.
열 아들 안 부러운 잘 키운 딸 하나
요즘은 여아 선호사상이 팽배해지고 있다고 합니다.
딸들은 결혼해도 엄마 곁에 살면서
살갑게 엄마를 보살펴 준다는 것입니다.
사위가 그렇게 장모에게 잘 한다는 것이지요.
함께 쇼핑도 하고, 짐꾼도 되어주고…
외동 자체가 병이라는 학자도 있지만
요즘 외동들은 사회지능도 높아서 모난 구석이 거의 없습니다.
내 인생을 뒤돌아보면…

딸 하나 낳아 키운 것, 그것만이 성공인 듯합니다.
버클리에서 숨마쿰라우데(summa cum laude)
최우등으로 졸업하고
돌아와 대학 강단에 서는 딸
그 딸의 배필 역시 음악가로 에술가 집안이 되었습니다.

개인적으로 저는 음악인이 좋다고 생각합니다.
정신적인 상처도 치유해 주고,
두뇌활동도 활발하게 해 주는 음악
뱃속의 아이들도 모차르트 음악을 들려주면
지능이 높아지고 정서적으로 안정이 됩니다.

그 딸이 결혼을 앞두고 결혼 예비학교를 수료했습니다.
결혼이 시(詩)는 결코 아니고 산문이니
견디고, 극복하고, 기도하는 마음으로
살아야 하는 것임을 알아갑니다.
조금 늦어지더라도 제대로 알고 결혼했으면 합니다.
적령기라고 결혼하고, 아이 낳고…
어떤 사람들은 결혼으로 상처입고…
사랑도 배워서 하고,
결혼도 배워서 하는 시대에 와 있습니다.

아름다운 동행(同行)이어야지
내 인생을 바꿔줄 왕자를 기다리면 끝내 오지 않고
세월만 흘러갈 뿐입니다.
서로 상대의 재능을 북돋아 키워주며 가도 긴 세월입니다.
점점 수명이 길어지고 있으니 말입니다.
잘 자라준 외동딸이 유일한 자부심입니다.
그리고 그 아이의 반쪽도 자부심입니다.
법적인 아들(son in law) 사위가 더 든든합니다.